妈妈讲故事

财商的教育

犹太妈妈代代相传的
教子枕边故事书

肖　冉　安雅宁◎主编

外语教学与研究出版社
北京

图书在版编目 (CIP) 数据

财商的教育：犹太妈妈代代相传的教子枕边故事书 ／ 肖冉，安雅宁主编．-- 北京：外语教学与研究出版社，2016.8
　　ISBN 978-7-5135-8013-7

Ⅰ．①财… Ⅱ．①肖… ②安… Ⅲ．①儿童故事－作品集－世界 Ⅳ．①I18

中国版本图书馆 CIP 数据核字 (2016) 第 215268 号

出 版 人　蔡剑峰
责任编辑　刘　荣
封面设计　蒋宏工作室
出版发行　外语教学与研究出版社
社　　址　北京市西三环北路 19 号（100089）
网　　址　http://www.fltrp.com
印　　刷　北京铭传印刷有限公司
开　　本　710×1000　1/16
印　　张　11.5
版　　次　2016 年 9 月第 1 版 2016 年 9 月第 1 次印刷
书　　号　ISBN 978-7-5135-8013-7
定　　价　25.00 元

购书咨询：（010）88819926　电子邮箱：club@fltrp.com
外研书店：https://waiyants.tmall.com
凡印刷、装订质量问题，请联系我社印制部
联系电话：（010）61207896　电子邮箱：zhijian@fltrp.com
凡侵权、盗版书籍线索，请联系我社法律事务部
举报电话：（010）88817519　电子邮箱：banquan@fltrp.com
法律顾问：立方律师事务所　刘旭东律师
　　　　　中咨律师事务所　殷　斌律师
物料号：280130001

给孩子一个富裕的未来

所谓"财商"，顾名思义，就是认识、创造和管理财富的能力。从这个意义上来看，谁不需要培养"财商"呢？我们的孩子，从小就需要进行"财商"教育，只是目前在中国，"财商"一般被认为是大人们才需要的东西。可是等孩子长大需要用到"财商"的时候，这些缺失的知识和技能就只能靠社会教给他了，而社会用到的方式和手段，可能就不会那么温情了。

所以，培养孩子的"财商"，其实是越早越好。很多家长可能会担心：孩子过早地接触金钱，会染上贪财的不良习惯。其实，家长大可不必担心。孩子越看不到钱，就越容易进入花钱的误区；相反，他越能正视金钱，就越不会为财富所累。

在西方许多国家，"财商"教育是家庭教育的一个分支，并且对此十分重视。在西方，父母一般都是定期给孩子发放一笔固定的资金，并帮助孩子树立正确的财富观，养成良好的理财思维和习惯。

犹太民族——这个全世界最会赚钱的民族，特别重视"财商"教育。他们认为，拥有商业头脑是一种基本的生活技能，是每个人必备的生存技能之一，所以他们的精明并不都来自天分，"财商"教育功不可没。

例如，在犹太孩子刚满周岁的时候，犹太父母一般会把股票当作礼物送给孩子，这是犹太家庭的惯例。犹太孩子的第一份生日礼物是股票或基金，是不是很不可思议？等到孩子三岁的时候，犹太父母就会教他们辨认纸币和硬币；四岁的时候，孩子要学会用钱购买简单的用品，如画笔、本子等；五岁的时候，他们要弄明白"金钱是靠劳动得到的报酬"，并正确进行交换活动；六岁的时候，孩子要开始学习攒钱，培养"自己的钱"的意识；七岁时，孩子要学会看懂商品价格的标签，确认自己的购买能力；八岁时，孩子要懂得在银行开户存钱，并且想办法自己挣零花钱（如卖旧报纸或空瓶子获得报酬）；九岁时，孩子要学会制订简单的开销计划，购物时知道比较价格；十岁时，孩子要懂得省钱，留着大笔开销时使用，比如买溜冰鞋、滑板车等……就这样，在一点一滴点的"财商"教育中，犹太人创造了整个犹太民族的财富神话。

我们对孩子进行"财商"教育，是为了引导孩子树立正确的财富观，掌握管理财物的基本能力，能合理地使用金钱，在"挣钱不易"的教育中学会节俭，在"大手花钱"的反思中学会理性消费，在"钱能生钱"的道理中学会积累与投资 ……所以，我们编写了这本培养孩子财商的故事书。在这本故事书里，孩子会懂得：

财富，需要我们用正确的态度对待；

勤俭，是积累财富的重要途径；

致富，努力与坚持必不可少；

机遇，是为果敢的人准备的；

诚信，是积累财富的根基；

贪婪，是最真实的贫穷；

智慧，是创造财富的金点子；

朋友，是最宝贵的财富；

……

相信广大家长朋友们在给孩子讲完这些财富故事后，孩子们能受到启发，财富的种子能在他们心中萌芽，从而为他们以后独立理财和开拓事业打下良好的基础，能在今后的现代经济生活中游刃有余。

目　录

第1章　财富，需要我们用正确的态度对待 ·············· 1

　　每个人来到这个世界上，都是为了实现自己的理想，过上更幸福的生活。财富是幸福生活的基本保障，但它只是让人们的生活变得更美好的工具。我们只有树立了正确的财富观，客观、正确地看待它、运用它，才会让生活变得更有意义。

一对捡破烂的夫妻 ·············· 2
丢失的黄金 ·············· 3
只损失了两元钱 ·············· 4
富翁的临终遗言 ·············· 5
无神论者与牧师拉比的对话 ·············· 6
自己就是最大的财富 ·············· 7
你也是个"百万富翁" ·············· 9
士兵艾萨克 ·············· 10
归还钻石 ·············· 12
一美元小费 ·············· 13
过一天亿万富翁的生活 ·············· 14
流浪汉的愿望 ·············· 16
时间是最宝贵的财富 ·············· 17

第2章　勤俭，是积累财富的重要途径 ·············· 19

　　古语有云："黄金本无种，出自勤俭家。"勤劳可以创造财富，而节俭可以聚集财富。因此，勤俭既是一种美德，又是积累财富的重要途径。犹太人崇尚节俭主义，不奢侈，不浪费，不炫富，任何与节俭相违背的行为都会被人看不起。

1

财富是辛勤劳动的结晶，我们要珍惜劳动成果，养成勤俭节约的优良品质。

致富的奥妙 ················ 20
精于节约的洛克菲勒 ·········· 21
绝妙的主意 ················ 24
查尔斯的透支生活 ·········· 25
肯尼迪家族的节俭教育 ········ 26
巴菲特的低调生活 ·········· 27
洛氏零用钱备忘录 ·········· 29
勤俭节约的比尔·盖茨 ········ 31
萨姆·沃尔顿的财富神话 ······ 33

第3章　致富，努力与坚持必不可少 ·············· 35

犹太人善于从细微处着手，勤劳苦干，从而创造不平凡的业绩。在这个过程中，他们的成功与努力和坚持密切相关。因此，犹太人经常会这样教育自己的孩子："世界上那些成功的人，往往不是那些有着显赫家庭背景的人，而是那些白手起家，通过努力与坚持创造财富的人。"

孩子，在致富路上，努力与坚持必不可少。

从童工到总经理 ············ 36
刻苦钻研的爱迪生 ·········· 37
阿诺德的传奇人生 ·········· 39
妈妈的鼓励 ················ 40
幸运的农夫 ················ 42
永不枯竭的灵感 ············ 43
普利策办报 ················ 44
从贫民窟里走出来的大富翁 ···· 46
"爱折腾"的布兰森 ·········· 48
山村六郎 ·················· 49
"淘金人"松本 ·············· 51
华莱士夫妇创办《读者文摘》 ···· 53

第4章 机遇，是为果敢的人准备的

做任何事情都是有风险的，只是风险大小不同而已。有的人因为害怕风险，所以没有勇气去尝试、去探索，这样的人注定是平庸的。犹太人正好相反，他们积极乐观，喜欢冒险，做事果敢，并且有勇气去面对任何可能遇到的失败。因此，当机遇来临时，他们就成为被"宠爱"的对象了。

机遇偏爱谁？孩子，机遇是为果敢的人准备的。

约瑟夫·贺希哈 ………………………………… 56
荒地变宝地 ……………………………………… 58
杰克的经营之道 ………………………………… 59
知难而进的约瑟夫 ……………………………… 61
卡内基办钢厂 …………………………………… 62
"芭比娃娃"诞生记 …………………………… 63
"金融大鳄"索罗斯 …………………………… 65
多谋善断的菲勒 ………………………………… 66
机遇偏爱谁？ …………………………………… 67
李维斯的牛仔裤 ………………………………… 69
劳埃德和他的美术馆 …………………………… 71
卖望远镜的老板 ………………………………… 72
大冒险家洛克菲勒 ……………………………… 74
巴鲁克承包专列 ………………………………… 75
卖瓶胆的男孩 …………………………………… 76
从烟盒子里发现机遇 …………………………… 77
想要自行车的小男孩儿 ………………………… 78
渡边正雄投资土地 ……………………………… 79

第5章 诚信，是积累财富的根基

犹太商人素有"世界第一商人"的美誉，他们的成功离不开他们特有的精神，他们的诚信和契约精神更是有口皆碑。《塔木德》中提到："遵守契约，尊重契约，你获得的将不只是尊重。"他们诚信经营，认真履行契约，不贪图小便宜，不靠欺诈发财，从而积累了巨额财富，并在全世界树立了良好的形象。

诚信是做人的基本原则，也是积累财富的根基。

讲诚信的安塞姆 ┈┈┈┈┈┈┈┈┈┈ 82

讨债秘方 ┈┈┈┈┈┈┈┈┈┈┈┈┈ 83

奥斯曼的信誉 ┈┈┈┈┈┈┈┈┈┈ 84

渡船的人 ┈┈┈┈┈┈┈┈┈┈┈┈┈ 87

国王选税官 ┈┈┈┈┈┈┈┈┈┈┈ 88

诚信实验 ┈┈┈┈┈┈┈┈┈┈┈┈┈ 89

讲信用的托马斯 ┈┈┈┈┈┈┈┈┈ 91

买酒少年 ┈┈┈┈┈┈┈┈┈┈┈┈┈ 93

凯瑟琳揭露"水门事件" ┈┈┈┈ 94

"梅尔多"铁锤 ┈┈┈┈┈┈┈┈┈┈ 95

做一个诚实的人 ┈┈┈┈┈┈┈┈┈ 97

有毒的食品添加剂 ┈┈┈┈┈┈┈ 98

苏珊还钱 ┈┈┈┈┈┈┈┈┈┈┈┈┈ 99

拿破仑的承诺 ┈┈┈┈┈┈┈┈┈ 101

蓝迪和他的同学 ┈┈┈┈┈┈┈┈ 102

珍贵的遗产 ┈┈┈┈┈┈┈┈┈┈┈ 103

逃票的年轻人 ┈┈┈┈┈┈┈┈┈ 105

第6章 贪婪，是最真实的贫穷 ┈┈┈┈┈┈ 107

一提及"贪婪"，很多人首先想到的是莎士比亚笔下的夏洛克，可现实中的犹太商人并不是不择手段的金钱崇拜者。的确，犹太人爱钱，他们从来不隐藏自己爱钱的天性。但是，他们拥有正确的财富观。他们有节制，不贪婪，讲诚信，善于找方法，因此变得富有。

孩子，物质上的贫困并不可怕，贪婪才是最真实的贫穷。

贪婪的乞丐 ┈┈┈┈┈┈┈┈┈┈┈┈ 108

被捉的小猩猩 ┈┈┈┈┈┈┈┈┈┈ 109

特色熏肉店 ┈┈┈┈┈┈┈┈┈┈┈ 110

富勒的梦想 ┈┈┈┈┈┈┈┈┈┈┈ 111

想做生意的农夫 ············· 112

砍柴人的三个愿望 ··········· 114

鸟儿对猎人的忠告 ··········· 115

锁匠挑选接班人 ············· 116

贪心的渔夫 ················· 118

捕雀儿的小男孩儿 ··········· 118

费尔南多住店 ··············· 119

第**7**章 智慧，是创造财富的金点子 ·············121

早期的苦难经历，造就了犹太人的品格和与众不同的思维方式。他们善于学习，珍爱各类书籍，尤其是那些凝聚着先贤心血和智慧的书，而其中最为珍贵的书籍要属《塔木德》。在每个犹太人的家庭里，当一个孩子开始记事时，家长会把《塔木德》翻开，在书上滴上一些蜂蜜，让孩子亲吻它，在品尝到蜂蜜的甜味时感受书香。正因为这样，他们才会像维特根斯坦所描述的那样："在犹太人那里有不毛之地，可是在其绵薄的石层底下，流淌着犹太精神和智慧的泉水。"

工程师与逻辑学家 ··········· 122

向和尚推销梳子 ············· 123

三个被关进监狱的富翁 ······· 124

失而复得的金币 ············· 126

卓别林改剧本 ··············· 127

变废为宝 ··················· 128

想做钻石生意的西班牙商人 ··· 130

阿德诺与布鲁诺 ············· 131

别样的"假日旅店" ··········· 133

富有的波比 ················· 134

亚默尔卖水 ················· 135

爱德与比尔 ················· 136

善于利用有效信息 ··········· 137

伟大的推销员 ··············· 139

一条价值十万美元的建议 ····· 140

一份巧妙的遗嘱 ································· 142

"免费"捐赠 ··································· 143

父亲的遗产 ··································· 144

父亲的忠告 ··································· 145

小富翁达瑞 ··································· 147

只借一美元 ··································· 149

列尼·雅布隆的高招 ····················· 150

推销奇才哈利 ······························ 152

巧用名字合作 ······························ 153

"纽扣大王"诞生记 ····················· 154

空手变巨轮 ··································· 155

第**8**章 朋友，是最宝贵的财富 ··············· 157

　　犹太人认为，一个人的才智和力量总是有限的，散居在全世界的同胞之间的交流是获得诸多成功的基础，所以他们非常重视团结与合作。

　　在犹太人的聚居地，建立人际网络的媒介主要是犹太教的教义。按照教义规定，安息日是不能工作的，也不能谈论工作，必须安静地休息。如果旅途中的犹太人在安息日到达犹太人的社区，那里的人就会留他住宿，并且会准备丰盛的饭菜。通过这样的方式，他们自然就建立了自己的人际网络。

　　多一个朋友多一条路，所以犹太人最懂得朋友的重要性——朋友是最宝贵的财富。

黄金搭档 ····································· 158

协作的力量 ··································· 159

汤姆的好意 ··································· 161

皮斯阿司与达蒙 ···························· 163

蛋卷冰激凌的由来 ························· 164

拉里的价值 ··································· 165

跟欧格尼斯学致富 ························· 167

亲手做的水饺 ······························ 168

狮子和大熊 ··································· 170

小提琴手 ····································· 171

住旅馆的老夫妻 ···························· 173

第 1 章

财富，需要我们用正确的态度对待

　　每个人来到这个世界上，都是为了实现自己的理想，过上更幸福的生活。财富是幸福生活的基本保障，但它只是让人们的生活变得更美好的工具。我们只有树立了正确的财富观，客观、正确地看待它、运用它，才会让生活变得更有意义。

一对捡破烂的夫妻

从前，有一对靠捡破烂为生的夫妻，他们每天一早出门，拖着一辆破车到处捡拾破铜烂铁，等到太阳下山时才回家。他们回到家吃完晚饭，就在门口的院子里摆上一盆水，搬一张凳子坐下，并把双脚浸在水中，然后拉弦唱歌，唱到月正当空的时候他们才进房睡觉。就这样，他们的日子过得逍遥而自在。

他们家的对面住了一位很有钱的富翁。他每天都坐在桌前打算盘，算算哪家的租金还没收，哪家还欠账，日子过得并不舒心。他看对面的夫妻每天都快快乐乐地出门，晚上开开心心地唱歌，非常羡慕，同时也非常好奇，于是他问侍者："为什么我这么有钱都不快乐，而对面那对穷夫妻却过得如此快乐呢？"

侍者听了就问富翁："主人，您想要他们变得忧愁吗？"富翁回答道："我看他们是不会有忧愁的。"侍者说："只要你给我一贯钱，我把钱送到他们家，保证他们明天不会拉弦唱歌。"

富翁果真把钱交给了侍者，侍者把钱送到了穷人家里。这对夫妻拿到钱，那天晚上竟然睡不着觉了。他们想把钱放在家中，门又没法儿关严；想藏在墙壁里面，墙用手一扒就会开；想把钱放在枕头下，他们又怕丢……他们一整晚都为这贯钱操心，一会儿躺上床，一会儿又爬起来，整夜就这样反复折腾，无法入眠。

妻子看丈夫坐立不安，被惹烦了，就说："现在你已经有钱了，你在烦恼什么呢？"丈夫说："有了这些钱，我们该怎样处理呢？把钱放在家中又怕丢了。现在，我心中全都是烦恼。"

隔天一早丈夫把钱带出门，在整条街绕来绕去，不知要做什么才好。他绕到太阳下山了，月亮上来了，最后又把钱带回家，不知如何是好——想做小生意不甘愿，要做大买卖钱又不够。他跟妻子说："这些钱说少也不少，说多又做不了大生意，真是伤脑筋啊！"

那天晚上富翁站在对面，果然听不到拉弦唱歌的声音了。第三天一早，夫妻二人来找侍者还钱。这对夫妻说："我们还是把钱还给你好了。我们宁可每天一大早出去捡破烂，也比有了这些钱轻松啊！"

这时候富翁恍然大悟，原来，有钱了就会害怕失去，这也是一种负担啊！

犹太妈妈讲给孩子的话

有了财富就会过得快乐吗？故事中的那对夫妻因为多了一些财富而苦恼。财富不应该是一种负担，它的存在，应该是为了帮助人们更好地享受生活，而不是让人担惊受怕。孩子，只有放下不必要的包袱，用更加自然平和的心态对待财富，你的人生才会更加快乐。

丢失的黄金

古时候，有一个很有钱的人，他准备了一大袋的黄金放在床头，这样他每天睡觉时就能看到黄金，摸到黄金。但是有一天，他开始担心这袋黄金随时会被小偷偷走。于是他就跑到森林里，在一块大石头底下挖了一个大洞，把这袋黄金埋在洞里面。这个富翁每隔几天就会到森林里埋黄金的地方，看一看、摸一摸他心爱的黄金。

可是有一天，一位小偷尾随这位富翁，发现了藏在这块大石头底下的黄金。等富翁走后，他就把这袋黄金偷走了。富翁发现自己埋藏已久的黄金被人偷走之后，非常伤心。正巧，有一位长者经过此地，他问明原因之后，就对这位富翁说："我有办法帮你把黄金找回来！"

这位长者说完，立刻拿起金色的油笔，把这块大石头涂成了金黄色，然后在上面写下了"一千两黄金"的字样。写完之后，长者告诉这位富翁："从今天起，你又可以天天来这里看你的'黄金'了，而且再也不必担心这块'黄金'被人偷走。"

富翁看了眼前的场景，半天都说不出话来……

犹太妈妈讲给孩子的话

一块沉入海底的金子和一块石头没有什么区别。同样，埋在石头底下的金子和一块石头也没有什么区别。财富，只有合理地运用它，才能发挥它应有的价值。

只损失了两元钱

拉尔斯是一个很不错的犹太画家。不过很可惜，没人愿意买他的画。他想到自己的境遇时会有点儿伤感，但片刻之后他就能够调整好心态。

"买足球彩票吧！"他的朋友劝他，对他说，"只花两元便可赢很多钱！"于是，拉尔斯花两元买了一张彩票，并且真的中了大奖——他一下拥有了50万元。

"你瞧！"他的朋友对他说，"你多走

运啊！现在你还经常画画吗？"

"我现在只画支票上的数字！"拉尔斯笑道。

拉尔斯买了一幢别墅，并对它进行装饰。他很有品位，买了许多好东西：阿富汗地毯、维也纳橱柜、佛罗伦萨小桌、迈森瓷器，还有古老的威尼斯吊灯……拉尔斯很满足地坐了下来，点燃一支香烟静静地享受着他的幸福。

他感到好孤单，便想去看看朋友。他把烟往地上一扔，然后就出去了。燃烧着的香烟躺在地上，躺在华丽的阿富汗地毯上……

一个小时以后，他的别墅变成一片火海，全被烧没了。朋友们很快就听说了这个消息，都来安慰拉尔斯。

"拉尔斯，你真是不幸呀！"他们说。

"怎么不幸了？"拉尔斯问道。

"损失呀！拉尔斯，你现在什么都没有了。"

"什么呀？我不过是损失了两元钱而已。"拉尔斯回答说。

犹太妈妈讲给孩子的话

财富虽然重要，但不是一切。财富只是让我们的生活变得更美好的工具，但不是全部。故事中的拉尔斯最后失去了他刚买的别墅，但他乐观豁达的生活态度值得我们每个人学习。

富翁的临终遗言

有位犹太富翁临终前把亲属叫到自己的跟前，说道："把我的财产全部换成现金，并且要准备最昂贵的毛毯和床铺。同时将剩余的现金堆在枕头旁，在我死后马上放入棺材内。我要把这些钱带到来世，继续当我的富翁。"

亲属按照他的吩咐去做，准备了毛毯、床铺和现金。这位富翁躺在非常昂贵的床铺上，床上铺着柔软的毛毯，他满足地望着堆在枕头旁的金钱，咽下了最后一口气。

就在这个时候，富翁的朋友匆忙赶到。朋友听说富翁的亲属按照遗言将全部的财产换成现金放入了棺材内，便立即从口袋里取出支票，写上金额，签上了自己的姓名，并把支票放入棺材内，同时将所有的现金全部取了出来。最后，他拍了拍富翁遗体的肩膀，说道："这是一张与现金等额的支票，换成一张支票你大概也会很满足吧？"

犹太妈妈讲给孩子的话

犹太富翁的遗言是：要把全部财产换成现金，并与之同葬，带到来世。重视金钱的作用是必要的，但过分地看重金钱就成了"守财奴"。

无神论者与牧师拉比的对话

"您好！拉比。"无神论者说。

"你好。"牧师拉比回礼道。

无神论者拿出一个金币给拉比。拉比二话没说，就把金币装进了口袋里。

"毫无疑问，你想让我帮你做一些事情，"拉比说，"也许你的妻子不孕，你想让我帮她祈祷。"

"不是，拉比，我还没有结婚。"无神论者回答。

接着，无神论者又给了拉比一个金币。拉比还是二话没说，就将金币装进了口袋。

"你一定有些事情想问我，"拉比说，"也许你犯过大错，需要忏悔，希望上帝能原谅你。"

"不是，拉比，我没有犯过什么大错。"无神论者回答。

无神论者又一次给了拉比一个金币，拉比又一次将金币装进了口袋。

"也许你的收成不好，希望我为你祈福？"拉比期待地问。

"不是，拉比，今年是个丰收年，我的收成很不错。"无神论者回答。

无神论者又给了拉比一个金币。

"那你到底想让我干什么？"拉比疑惑地问道。

"什么都不干，真的什么都不干，"无神论者回答，"我只是想看看，一个人什么都不干，光拿钱能撑多长时间？"

"钱就是钱，不是别的。"拉比回答说，"我拿着钱就像拿着一块石头一样，沉沉的。"

犹太妈妈讲给孩子的话

对于钱，我们既不需要奉若神明，也不需要深恶痛绝，更不必有"既想要，又羞于碰触"的尴尬心理。正如故事中的牧师拉比所说"钱就是钱，不是别的"。

自己就是最大的财富

1947年，美孚石油公司董事长贝里奇到开普敦巡视工作。在卫生间里，他看到一位黑人小伙子正跪在地上擦水渍。小伙子每擦一下，就虔诚地叩一下头。贝里奇感到很奇怪，问他为何这么做。小伙子答道："我在感谢一位圣人。"贝里奇问他为何要感谢那位圣人，小伙子说："是他帮助我找到了这份工作，让我终于有了饭吃。"

贝里奇笑了笑，说道："我曾经也遇到一位圣人，他使我成了美孚石油公司的董事长，你愿意见他一下吗？"

贝里奇接着说道："南非有一座有名的山，叫大温特胡克山。据我所知，那上面住着一位圣人，能为人指点迷津，凡是经过他指点的人都会前程似锦。二十年前，我到南非登上过那座山，正巧遇上他，并得到他的指点。假如你愿意去拜访他，我可以向你的经理说情，让他准你一个月的假。"

年轻的小伙子谢过贝里奇后，就真的上路了。30天后，小伙子终于登上了白雪覆盖的大温特胡克山。然而，他在山顶徘徊了一天，一个人也没有遇到。

小伙子很失望地回来了。他见到贝里奇后说的第一句话是："董事长先生，一路我处处留意，但直至山顶我才发现，除我之外，根本没有什么圣人。"

贝里奇说："你说得很对，除你之外，根本没有什么圣人。因为，你自己就是圣人。"

二十年后，这位小伙子成了美孚石油公司开普敦分公司的总经理，他的名字叫贾姆讷。在一次世界经济论坛峰会上，他作为美孚石油公司的代表参加了大会。面对众多记者的提问，他说了这么一句话："发现自己的那一天，就是人生成功的开始。能创造奇迹的人，只有自己。"

犹太妈妈讲给孩子的话

所谓财富，是指一切有价值的事物。从这个意义上来讲，人是最有价值的，因此人作为财富的创造者，本身就是最大的财富。故事中，贾姆讷经过贝里奇的点拨后，认识到了自身应有的价值，并通过努力，获得了成功。

你也是个"百万富翁"

费列姆是一个忧郁的年轻人。一天，拉比在河边遇见了费列姆。费列姆愁眉苦脸的样子让拉比感到好奇，于是拉比问道："孩子，你为何如此闷闷不乐呢？"

费列姆看了一眼拉比，叹气道："我是一个名副其实的穷光蛋——没有房子，没有工作，没有收入，每天饥一顿饱一顿地生活。像我这样的人，您说我怎么能高兴得起来呢？"

拉比笑道："傻孩子，其实你一点儿都不穷，你应该开怀大笑才对呀！"

"为什么不穷呢？"费列姆不解地问。

"因为你是一个百万富翁！"拉比诡秘地说。

"百万富翁？这根本不可能。您别拿我这穷光蛋开玩笑了。"费列姆有点儿不高兴了，转身要走。

"既然你不相信，那好，孩子，你现在能回答我几个问题吗？"

"什么问题？您说吧。"费列姆有点好奇。

"现在我出20万金币，买走你的健康，你愿意吗？"拉比问道。

"不愿意。"费列姆使劲地摇头，说道。

"如果我再出20万金币，买走你的青春，让你从此以后变成一个小老头，你会答应吗？"拉比接着问他。

"不愿意！"费列姆干脆地回答。

"那我再出20万金币，买走你的面容，让你从此变成一个丑八怪，你能愿意吗？"拉比继续问道。

"不愿意！"费列姆拼命地摇着头，说道。

"假如，我再出20万金币，买走你的智慧，让你从此平平庸庸地度过一生，你愿意吗？"拉比还在问他。

"不愿意！"费列姆说完，准备扭头离开。

"别着急，请你回答完我最后一个问题：假如现在我再出20万金币，让你去杀人放火，让你从此失去良心，你愿意吗？"拉比最后问他。

"我不愿意！"费列姆愤愤地回答道。

"好了，刚才我出了100万金币了，仍然买不走你身上的任何东西，你说你不是百万富翁，又是什么呢？"拉比微笑着对他说。

这时，费列姆才恍然大悟。

从此以后，他不再叹息，不再忧郁，不再自暴自弃，而是微笑着开始了他的新生活。

犹太妈妈讲给孩子的话

孩子，这个故事是想告诉你：你一定要看到自己所拥有的，而不要只看到自己失去的；要坚信自己可以凭借自身的实力来获得财富，从而改变自己的命运。对自己有一个准确的判断，不妄自菲薄，这是很多人能够取得成功的原因。

士兵艾萨克

有一位黑人小伙子叫艾萨克，曾经在海军中服过兵役。刚来到部队的时候，他过得并不开心，因为那些白人士兵每天都要咒骂他，甚至还用一些恶作剧来捉弄他、嘲笑他，故意让他难堪。

那时的黑人早就已经成了美国民众，而且每一个黑人几乎都在为美国的安定和发展做着无私的奉献，甚至很多黑人在各个领域中成为中流砥柱。然而，他们仍然是不受欢迎的，不公正的待遇和歧视仍旧毫无理由地强加在他们身上，使他们苦不堪言。

在军中服役的黑人士兵们遭受的屈辱尤为深重。在军队里，白人士兵们不仅背地里咒骂他们，更有甚者竟然当面挖苦他们。这些黑人士兵虽然对此感到非常恼火，但又不敢向上级告状。因为那些军官们大多数也是白人，他们根本不会为黑人士兵主持正义。

然而，哪里有压迫哪里就有反抗。当时，黑人在整个美国都受到白人的歧视，但他们不把自己当成"软柿子"，艾萨克也是这样。他认为，既然不能依靠上级的庇护，也无法倚仗别人，那就要依靠自己的智慧来改变这种境遇。

从此，艾萨克开始每天省吃俭用，终于积攒下了一笔钱。他注意到，当时的白人士兵虽然生活优越，但他们通常都有花钱大手大脚的毛病，部队发给他们的那些津贴根本不够他们挥霍。艾萨克抓住了这点，就开始向他们放贷。

艾萨克要求一个月内必须归还，否则就要拿值钱的物品作抵押。白人士兵当然知道钱并不好借，但囊中羞涩的现状使得他们早已顾不了许多。当他们得知艾萨克有钱可以借给他们时，就争着抢着向艾萨克借钱。

没多久，艾萨克的生活就发生了翻天覆地的变化。他不但过上了衣食无忧的生活，而且还买了一辆高级轿车，成为部队中名副其实的"款兵"。要知道，这样的生活，即便是那些高级军官们都是可望不可即的。但是，艾萨克——一个普通的士兵——凭借自己的智慧轻而易举地过上了富裕的生活。

成为债主的艾萨克，在部队中的地位也随之发生了重大的变化。曾经趾高气扬的白人士兵，现在一个个灰头土脸，再也不敢侮辱和嘲弄他了。

犹太妈妈讲给孩子的话

孩子，从这个故事中你可以看到，财富是我们辛苦工作的礼物，是让我们在世上生活得更加美好的保证，是我们实现自己梦想的工具。艾萨克通过自己的辛勤积累，通过努力，最终让自己在白人士兵面前赢回了尊严。

归还钻石

拉卡平日以砍柴为生，但是为了研读《羊皮卷》，他决定买一头驴代替自己运柴，以节省时间来看书。

拉卡到了集市上，从一个阿拉伯人那里买了一头驴牵回了家。徒弟们见了驴非常高兴，就把驴牵到河边给它洗澡。恰好此时，从驴身上的挂铃上掉下来一颗硕大的钻石，徒弟们欢呼雀跃，别提有多高兴了！他们觉得，应该把钻石卖掉，换成钱。这样一来，他们的师父从此就不用天天砍柴，可以专心致志地研读《羊皮卷》了。

当徒弟们兴高采烈地把这颗珍贵的钻石拿给拉卡时，拉卡却平静地说道："我们应该把这颗钻石还给那位阿拉伯人。"

徒弟们拿着这颗钻石，爱不释手，拒绝归还。

拉卡严肃地对徒弟们说："我们买的是驴子，不是钻石。我们犹太人只能拿属于我们自己的东西。"

于是，拉卡带着徒弟，把这颗钻石送到了这位阿拉伯人面前。

这位阿拉伯人见到钻石，非常惊奇，同时也非常感动。于是他说道："你们买了这头驴，既然这颗钻石是在这头驴的身上，那你们也就拥有了这颗钻石。所以，你们不必还我了，还是你们拿着吧。"

拉卡说："这是我们犹太人的传统，我们只能拿我们付过钱的东西，所以，这颗钻石我必须还给你。"

犹太妈妈讲给孩子的话

君子爱财，取之有道。拉卡坚持要把钻石归还给那位阿拉伯人，可见他并不是一个贪婪的人。钻石固然值钱，但真诚比钻石还要宝贵。这个阿拉伯人也被拉卡的真诚感动了。

一美元小费

石油大王洛克菲勒有徒步旅行的习惯。有一次，他准备坐火车返回公司总部。他来到加州地区的一个又脏又乱的小车站，坐在候车室靠近门边的座位上等车。由于长途跋涉，他显得很疲惫，一脸倦容。他坐在那里望着来来往往的人，好像是在发呆。

列车进站了，乘客们站起来拥向检票口。洛克菲勒不紧不慢地站起来，准备往检票口走去。忽然，从候车室外走进来一个胖女人，她提着一个很重的箱子，有点儿力不从心的样子。显然，她也要赶这趟列车，可箱子太重，累得她呼呼直喘。她左顾右盼，好像是在找人帮忙。忽然，胖女人一眼瞧见了外表略显邋遢的洛克菲勒，就冲他大喊："喂，老头，您给我提一下箱子，我给您小费。"

洛克菲勒看了一眼箱子，认为完全在他的能力范围内，于是便拎起箱子，和她一起朝检票口走去。

上车以后，胖女人庆幸地说："还真是多亏了您，不然我非误车不可。"说罢，她掏出一美元递给了洛克菲勒。洛克菲勒微笑着接过钱，放进了口袋。

一会儿，列车长走了过来，恭敬地问洛克菲勒，需要什么服务。在洛克菲勒向列车长道谢的同时，只听见那个胖女人惊讶地叫道："我的天，我竟然让石油大王洛克菲勒先生来给我提箱子，还给了他一美元小费！"

于是胖女人连忙向洛克菲勒道歉，并诚惶诚恐地请洛克菲勒把一美元小费退给她。洛克菲勒笑着说："我已经挣过很多次一美元的小费了，如果退给您的话，我不就白给您提箱子了吗？"

犹太妈妈讲给孩子的话

劳动创造财富，每个人都应该珍惜劳动成果。洛克菲勒珍惜的不是那一美元小费，而是他所付出的劳动。孩子，尊重他人的劳动及成果，与尊重他人同等重要。

过一天亿万富翁的生活

作为《纽约时报》的专栏作家，威廉姆斯经常受邀参加一些有趣的金融体验项目。这不，在接下来的24小时里，他要过一把亿万富翁的瘾。

早上六点，司机开着劳斯莱斯到公寓接他，带他到一个俱乐部吃早餐。成为该俱乐部会员需要每年缴纳1.5万美元手续费，外加5万美元入会费。

之后，他匆匆赶往新泽西州的泰特波罗机场。有位亿万富翁请他乘自己的私人飞机兜一圈。机舱内柔软的扶手椅可自由旋转360度，并可通过按钮将其调节成平躺模式。一名空乘人员热情地为他送上了咖啡和甜点，为华尔街阔佬定制西装的巴瑞为他精心挑选了一件细条纹外套。

有研究发现，富人和常人无异，面临的烦恼如健康、工作、家庭关系、财务问题都一样。

下了飞机后，这位亿万富翁带威廉姆斯参观了价值数百万美元的别墅及修剪整齐的高尔夫球场。每到一处，他都能享受到星级服务：车门打开，行李被专人拿走；在闲聊的时间，刚出锅的巧克力甜点也奇迹般地出现了。

三小时后，他飞回纽约，来到一个私人健身会所。这家会所为他配了两个教练：一个教练带他锻炼，另一人记录他的运动状况。

到目前为止，他弄明白的一件事就是：一旦成为亿万富翁，你就会失去私人空间。每一天，你的生活被各种各样的服务所包围。当你习惯这一切之后，又欲罢不能。

威廉姆斯不得不承认，做亿万富翁的感觉让他并不平静。他感到自己正体验着心理学家所说的"暴富综合征"。那种感觉是一种认知失调，一种介于"排斥"和"吸引"之间的震荡。一方面，他被亿万富翁的生活方式及特权所诱惑，另一方面，他不能确定自己能否适应这样的生活。

第二天醒来时，他将几年前买的廉价手表戴上，穿上那件破旧的蓝夹克。在去往地铁的路上，他顺便在咖啡店买了一杯卡布奇诺。和往常一样，咖啡的味道似乎有点儿糊了，但是这个清晨，它的味道有点儿特别。

犹太妈妈讲给孩子的话

孩子，你有没有羡慕过亿万富翁的生活呢？普通人往往羡慕富翁的卓越尊显，却忘记了平凡自适中的幸福。你羡慕别人所得到的，不如珍惜自己所拥有的。与其在对别人的羡慕中度日，不如关起门来创造自己的幸福。

流浪汉的愿望

从前，有一个很懒惰的流浪汉，他整天做着发财美梦。他总是在想，如果有一天自己成了百万富翁，一定要乘坐全世界最豪华的游艇周游世界，因为他喜欢大海。

有一天，上帝来到他的面前，对他说："年轻人，我可以回答你两个问题，并满足你一个愿望，不过你要仔细想好了再说。"

流浪汉听了十分高兴，他想，发财的机会终于来了。他仔细地想了一会儿，然后问上帝："一万年对您来说，是多长时间？"

上帝回答说："像一分钟。"

"那么，一千万美元对您来说是多少钱？"流浪汉又问道。

"就像一美元。"上帝笑着说道，"你的问题已经问完了，你有需要我帮你满足的愿望吗？"

"我的愿望非常简单，给我一千万美元吧，它对您来说只是一美元啊！"流浪汉兴奋地说道，好像自己已经坐上了豪华游艇，开始了自己梦寐已久的环球旅行。

上帝看着他，笑着说："这太简单了，你只需等我一分钟。"

流浪汉的眼神慢慢地暗淡下去，是啊，上帝的一分钟，对流浪汉来说，可是一万年哪！

犹太妈妈讲给孩子的话

有很多人像这个流浪汉一样做着财富梦，他们不想靠自己的努力，只是沉浸在美梦中，想等待上帝把财富送到自己的手中。上帝答应了他们的请求，但是，前提是：需要等一万年的时间。

天下没有免费午餐，任何东西都不是唾手可得的，财富也是一样，不会从天而降。要获得财富，需要付出时间和努力。

时间是最宝贵的财富

一位老僧下山云游时，见到迎面走来一个蓬头垢面、衣衫褴褛、精神萎靡的年轻人。年轻人手里拎着一瓶酒，踉踉跄跄地向他迎面走来。

老僧上前问道："这位小施主为何这般狼狈啊？"

年轻人有气无力地回答说："我现在已经碰得头破血流了，刚刚用身上仅有的几块钱买了这瓶酒，准备去找个没人的地方喝完，然后就结束自己的生命。"

老僧说："阿弥陀佛！老衲没有看到你头破血流，却看到你正一步步地离那本该属于你的财富而去，实在是为你感到可惜啊！"

年轻人双眼一瞪，大声说："出家人讲话不打诳语，你明明知道我穷得叮当响还来取笑我，你就不怕佛祖怪罪于你吗？让开，我不想听你的劝诫。我还要早点儿到阎王爷那里报道去，求他让我来世做个富人呢！"

老僧侧身让开，并对他说："施主啊，既然你如此执迷不悟，老衲也不想多说了，只是可惜了你那么大一笔财富哟！阿弥陀佛！"

年轻人见老僧说得如此肯定，不禁停下脚步问："既然你知道我有一大笔财富，你为何不拿走，偏要来告诉我呢？"

老僧说："我也曾有过你这样的一大笔财富，可惜我没珍惜它，让它从我身边悄悄溜走了。我是不忍心看着你重蹈我的覆辙，所以才想告诉你。"

那个年轻人半信半疑地问道："真有这样的好事？那你快告诉我，我的财富在哪里呢？"

老僧耐着性子缓缓地对他说道："你的财富你看不见，摸不着，但却和你形影不离。你一不留神，它就会悄悄地从你身边溜走。等到它从你身边溜走了，你的生命也就走到尽头了。"

年轻人恳求道："你说得有点玄，我听不明白。麻烦老师傅，你还是直截了当地告诉我吧！"

老僧说："呵呵，你慢慢悟吧。悟到了你会脱胎换骨，受用一世。悟不到只能怪你命该如此，阿弥陀佛！"

老僧说完转身走了。年轻人看着老僧的背影，慢慢地咀嚼着他说的话。

突然，这个年轻人把手里的酒瓶朝空中一扔，大声喊道："时间！那位老师傅说的财富是时间！是呀，我还年轻，还有的是时间。我完全可以从头再来，为什么要走这条绝路呢？"

犹太妈妈讲给孩子的话

时间是人生最宝贵的财富。成功的人主宰时间，失败的人则被时间主宰。故事中的年轻人在老僧的点拨下悟出了这个道理，于是决定痛改前非，从头再来。

第 2 章

勤俭，是积累财富的重要途径

古语有云："黄金本无种，出自勤俭家。"勤劳可以创造财富，而节俭可以聚集财富。因此，勤俭既是一种美德，又是积累财富的重要途径。犹太人崇尚节俭主义，不奢侈，不浪费，不炫富，任何与节俭相违背的行为都会被人看不起。

财富是辛勤劳动的结晶，我们要珍惜劳动成果，养成勤俭节约的优良品质。

致富的奥妙

古时候，有两个好朋友，一个叫萨哈，另一个叫苏鲁，两个人都是做小本生意的。十年后，萨哈成为非常有钱的富翁，而苏鲁只能维持温饱。

一天，苏鲁找到萨哈，问道："咱们两个都是从小本生意做起，为什么你早就飞黄腾达了，而我却仍旧一贫如洗呢？"

萨哈平静地说道："我之所以比你富有，那是因为我们有很大的不同。"

"我们哪里有不同？难道我不是像你一样勤勤恳恳吗？而且有时候，我的勤劳程度甚至超过你呢。"苏鲁不理解，反问道。

"这只不过是表象罢了。"萨哈回答。

"表象？"苏鲁追问。

萨哈继续说："是的。我问你，如果你每天能够赚到十个铜板，你将会如何处置它们呢？"

"当然是全部用来改善生活了！"苏鲁毫不犹豫地回答。

萨哈解释道："这就是我们之间的差别。你知道我是怎么做的吗？告诉你吧，当我赚到十个铜板之后，我会将它们放在荷包里。当我需要花钱的时候，我只拿出其中的九个来用，每天都剩下一个，从未多用过一个铜板。或许你会觉得我这样做多此一举，但它确实是我能够发达起来的最根本的原因。当初，我像你一样，一贫如洗，我又怎敢奢望现在这样的生活呢？"

萨哈接着说："当我开始放进十个铜板只取出九个来花之后，时间一长，我的空荷包渐渐鼓了起来，我就存下了一大笔钱。我并没有将它们胡乱花掉，而是找到更好的机会进行投资。就这样，我所拥有的财富越积累越多，最终变成今天这样富有了。"

苏鲁瞪大了眼睛，他真不敢相信，致富的奥妙竟然如此简单。

犹太妈妈讲给孩子的话

洛克菲勒曾经说过："对钱财必须具有爱惜之情，它才会聚集到你身边。你越尊重它，珍惜它，它越心甘情愿地跑进你的口袋。"富人之所以越来越富，穷人之所以越来越穷，关键在于富人知道怎样去积累财富，知道怎样用手中积累的财富去赚取更多的钱。萨哈积少成多，最终变成了富翁；而苏鲁因为既不懂得节俭，又不懂得经营，最终还是一贫如洗。孩子，你应该学哪个呢？

精于节约的洛克菲勒

世界石油大亨洛克菲勒就是无数节俭的犹太商人中的一个，他的一生都是十分节俭的。在节俭方面，可以说，他是世界商人的榜样。

在洛克菲勒小时候，他的父亲是一个很"吝啬"的人。他一再告诫孩子，每一分零用钱都必须靠自己的劳动才能赚得。有时候为了买一个喜欢的玩具，自己要到田里干活，或者帮母亲挤牛奶。那时候，洛克菲勒有一个专门用于记账的小本子，每次他完成一定的工作量后，会按每小时0.37美元的"工价"记到小本子上。因此，洛克菲勒的童年大多数时间都是在给父母当"雇工"。

洛克菲勒当时很不理解，也觉得父母很不通人情，但是后来他才明白，父母这样做是很有意义的。他从小就形成了一个很重要的商业理念——想花钱，先攒钱。因为自己的每一分钱都是自己的劳动所得，所以在花钱的时候，他也格外小心，决不浪费。

洛克菲勒在成名之前，在一家石油公司做焊接工，任务是焊接装石油的巨大油桶。在焊接的过程中，他发现每焊一个油桶，焊条的铁渣正好掉落509滴，他觉得这是一个巨大的浪费，所以他改进了焊接的工艺和方法，让每次焊接时掉落的铁渣比原来少两滴。这样一来，这家大石油公司一年的资金就节约了5.7亿美元。也正是因为这件事情，洛克菲勒获得了一次晋升的机会。

在洛克菲勒自己创业的时候，由于事业刚刚起步，困难很多，他很快就把自己的积蓄花光了。他苦苦思索怎样才能发财。无意中，他在一份报纸上看到了一则关于推销成功秘诀的书籍广告，他非常兴奋，到第二天他就急忙到书店买了一本来。令他失望的是，书上只有"勤俭"两个字，他认识到自己上当了。但是，他后来经过反复思考才发现，原来真正的秘诀就是这两个字。领悟到了这些之后，他将每天该用的钱加以节省并存进银行，同时加倍地努力工作，千方百计地增加收入，也想尽一切办法节省自己的开支。他坚持了五年之后，积攒了一部分钱，并将这些钱用于经营煤油生意。在经营中，他始终精打细算，把大部分盈利储存起来，等积累到一定的程度再把它投入到石油生意中。经过几十年的勤俭经营，洛克菲勒的公司成为了北美最大的三个财团之一，年经营额可达1100亿美元。

在洛克菲勒成为亿万富翁后，他仍然将"精于节约"作为他经营管理的出发点。他的要求是，提炼一加仑原油的成本要计算到小数点后的第三位。每天早上他一上班，就要求公司各部门将一份有关成本和利润的报表送上来。多年的商业经验使他对经理们报上来的成本开支、销售，以及损益等各项数字特别熟悉，他常常能从中发现问题，并以此指标考核每个部门的工作。1879年的一天，他质问一个炼油厂的经理："为什么你们提炼一加仑原油要花19.8492美元，而东部的一个炼油厂做同样的工作只要19.849美元？"这使这个炼油厂的经理无话可说。

生活中的洛克菲勒也处处秉承节俭的观念，他衣着朴素，从不铺张浪费。洛克菲勒每次到饭店住宿，从来只开普通房间。侍者不解，问："您儿子每次来都要最好的房间，您何苦这样？"洛克菲勒回答说："因为他有一个有钱的爸爸，而我却没有。"

平时，洛克菲勒习惯到他熟悉的一家餐厅用餐，用餐后往往会付给服务员15美分的小费。但是有一天，他用餐后却不知为何原因，只付了5美分的小费。服务员见小费比往常小费少，不禁埋怨说："如果我像您那么有钱的话，我绝不会吝惜那10美分。"

洛克菲勒却毫不生气，笑着说："这也就是你为何一辈子当服务员的缘故吧。"

到了老年的时候，洛克菲勒仍然非常注重节俭。有一次，他向他的秘书借了50美分，当洛克菲勒给秘书还钱的时候，秘书不好意思要。洛克菲勒当即大怒："记住，50美分是10美元一年的利息！"由此可见，洛克菲勒对于金钱的节俭和算计真是精明。

犹太妈妈讲给孩子的话

一分钱也是有价值的，要想赚钱，首先要学会节约。许多成功的商人都是节俭的典范，他们节俭的目的就是要节省开支，降低成本，只有这样才能拥有更多的财富。所以，孩子，请记住这句话："要把一块钱当成两块来用，如果在一个地方错用了一块钱，或是白白浪费了一块钱，你并不只是损失一块钱，而是花了两块钱。"

绝妙的主意

在创业之初，卡内基向一家配件商订购一批汽车配件，在价格与型号都谈好之后，卡内基要求对方用木箱对配件进行包装，以减少配件在运输装卸中的损耗，并把包装规格详细地告诉了对方。

令配件商意想不到的是，卡内基对包装规格要求十分严格，木板箱需要由一条条木板拼装而成，并且每条木板的尺寸及厚度都有严格的规定。配件商虽然有些不满，但为了和卡内基保持长期合作，他们只好按图纸的要求一一照做了。

货物送到以后，卡内基要求员工把包装箱轻轻地拆开，不许他们弄坏任何一块木板，拆下来的木板需要立即送到新建的办公楼。

原来，这批木板是用来装饰新楼地面的，所有包装箱上木板的尺寸和厚度，都是按木地板的尺寸厚度而设计的，这些木板为卡内基节约了近十万美元的支出。

也许有人会认为，包装箱不过是废品罢了，充其量可以卖给废品收购站。没想到卡内基竟然想出了这样绝妙的办法，节省了企业的开支。卡内基的"节俭"办法，实在是令人拍案叫绝。

犹太妈妈讲给孩子的话

故事虽短，却可以看到：卡内基在做事情上面有自己的标准与原则，并且有计划，有远见。致富不是比拼谁的运气更好，而是一门学问，当我们做事的时候依照正确的法则认真去做，财富就会离我们越来越近。

查尔斯的透支生活

商人麦赛福坐在院子的回廊中和他的朋友查尔斯谈论生活。查尔斯递给了他一根古巴雪茄，然后盯着看麦赛福吐出第一口烟的样子。显然，查尔斯是个懂得烟草的真正行家。

查尔斯是我们通常说的"够档次"的那种人。他在公司里担任高级主管，开着一部漂亮的车。他加入了他那个层次的俱乐部，抽高级香烟，时常品尝高档酒。他的家庭很幸福，三个孩子也非常出色。

他们交谈很愉快，后来他们谈到了工资收入和日常支出。慢慢地，查尔斯露出了忧郁的神情，原来他的收支不平衡——他的开销过大，比如：高尔夫俱乐部支出，每月在高档酒店的晚餐，孩子上私人学校的学费，等等。随后，他在每一项的后面都加上了"价码"。过了十几分钟后，麦赛福发现这中间有一段距离——工资与"必要花销"之间的差距太大了。

麦赛福觉得自己脑袋上的头发都竖起来了！

"我的天！"他说，"你每天晚上还睡得着觉吗？"查尔斯每个月都有两三千美元的缺口！

麦赛福想了想，继续问查尔斯："每个月20号左右你的工资就花光了，然后你怎么办呢？"

"然后我就用信用卡付账，我确实能感觉到生活的压力。"查尔斯深深地吸了一口雪茄，漠然地看着远方。

实际上，查尔斯很早以前就"破产"了，他已经养成了奢侈的嗜好，离不开前面讲的那些让他感到舒适的东西了。

麦赛福算了一笔账，如果他们再这样过上几年，查尔斯今后就是一直工作到死，也无法还清前些年欠下的债务了。这笔债是他为了追求外表"看起来不错"而欠下的，其实也只是为了给周围那些同样"看起来不错"的人看的。

犹太妈妈讲给孩子的话

查尔斯的透支生活真的让人不可思议，但他已经习惯了富足而舒适的生活。如果再不做出改变，后果将不堪设想。孩子，我们不能"吃了上顿没下顿"，要避免用短时间的满足去换取长时间的痛苦。

肯尼迪家族的节俭教育

肯尼迪家族是政治上的名门望族，但这种政治上的成功是以经济上的成功为基础的。肯尼迪家族成员从爱尔兰移居到美国的时候仍然一贫如洗，但是仅仅经过几代人的努力，他们就成为了美国有名的望族，他们取得成功的一个很重要的方面，就是善于理财。

我们都知道的肯尼迪总统，就是出自这一家族。作为世界上最年轻有为的总统之一，肯尼迪成功的一个因素就是他的父亲约瑟夫对他的良好教育。

约瑟夫是美国当时最富有的五位企业家之一，先后担任过美国证券交易委员会主席和驻英大使。他虽然富有，但从不让孩子随意花钱。他十分注重对孩子进行勤俭教育，严格控制他们的零用钱。他根据孩子们的年龄大小，每月给他们适当的零花钱。当肯尼迪做了总统后，报纸上公布了他在十岁时向父亲递交的一张申请书，他请求父亲将他每月的零花钱由0.4美元提升到0.6美元，但他的父亲约瑟夫拒绝了这一请求。

在约瑟夫看来，对孩子的关爱并不等于让孩子随便花钱。在肯尼迪家族中，每个星期，老肯尼迪都要给孩子们平均数量的零用钱。孩子们可以在这个范围内自由支配。如果想要买自己喜欢的东西而钱又不够，他们也不能向家里索取，而只能通过几星期的节约和积累，攒够需要的数目。

通过这种方式，老肯尼迪向孩子们灌输了这样一种理念——要珍惜每一分钱，学会花每一分钱。到了周末，老肯尼迪还会召开一次家庭会议，在这个会议上，孩子们要汇报自己都把钱花在了哪里。花钱随意、消费毫无计划的孩子下周的零用钱将被减少，而那些花钱有计划甚至还有节余的孩子，则会得到各种奖励。

肯尼迪家族的做法是非常合理的——不能浪费钱财，花钱要明确资金的去向和用途。

犹太妈妈讲给孩子的话

肯尼迪家族如此富有，但对孩子的节俭教育却做得非常好。"要珍惜每一分钱，学会花每一分钱"，这种财富观从小在孩子的心中培养形成，他们长大后就自然会珍惜现有的财富，并创造出更多的财富。

巴菲特的低调生活

有一位年逾八旬的生活低调的"穷人"，他自己开车，衣服总是穿破为止；他最喜欢的运动不是高尔夫，而是桥牌；他最喜欢吃的不是鱼子酱，而是爆米花。他身边的人常爱谈论豪宅，而他居住的房子是他于1957年用3.1万美元买下的。

几十年来，他一直住在位于内布拉斯加州的奥马哈的这一幢房子里。房子灰色粉刷的外墙无形中也反映出他处事的态度——低调。有趣的是，他所居住的地区还是被当地政府列为"有损市容"的地方。他在香港出差的时候，还曾用宾馆赠的优惠券去买打折的面包。

当他是亿万富翁的时候，谁也不会相信，他那刚刚当上了妈妈的宝贝女儿只能看小黑白电视机。他答应出资为儿子买个农场，但同时声明，必须每年按合同规定交费，否则立刻收回。

对财富，他有自己的理解。他认为，财富来自于社会，它早晚应当回报于社会。他告诫儿女，不要期望在他死后获得巨额遗赠，因为他不想让他们坐享其成，更不想让他们毁于财富。2006年，他将自己约300亿美元的财富捐给了比尔·盖茨及其妻子设立的基金会。

如今在大多数时间里，他深居简出，躲在家中。除了家人，他连个助手都没有。他的车牌上还标着"节俭"的字样。他的佣人两周才来一次。他创办的公司之一——伯克希尔公司尽管富得流油，但全体成员加起来仅有11人，这里没有诸如门卫、司机、顾问、律师之类的职位。他不爱抛头露面，个性不张扬，生活上保持低调。他把自己的生活准则描述为"简单、传统、节俭"，这六个字恰如其分地反应了他做人和做事的态度。

他就是近年来一度登上福布斯全球富豪榜前三甲的沃伦·巴菲特。2016年3月福布斯公布全球富豪榜，他的个人财富高达608亿美元！

犹太妈妈讲给孩子的话

巴菲特没有因为自己有钱就过着奢华的生活，相反，他比一般人更节俭。节俭是一种美德，所以，在以后的人生中，不管你是富有还是贫穷，都要保持节俭的美德。

洛氏零用钱备忘录

洛克菲勒家族是世界上第一个拥有10亿美元财富的美国富豪家族，尽管富甲天下，但他们从不在金钱上放任孩子。洛克菲勒家族认为，富裕家庭的子女比普通人家的子女更容易受到物质的诱惑。所以，他们对后代的要求比常人反而更加严格。

从其家族中流传着的"14条洛氏零用钱备忘录"就可见一斑。这是约翰·洛克菲勒小时候与父亲"约法三章"所提出来的。在我们看来，这些备忘录非常"苛刻"，基本情况如下：

每周给零花钱1.5美元，最高不得超过2美元。每周核对账目，要记清楚每笔支出费用的用处。领钱时要交家长审查，钱账要清楚。用途正当，下周增发10美元，反之则减。

洛克菲勒通过这种办法，使孩子从小养成不乱花钱的习惯，学会精打细算、当家理财的本领。他们家族的孩子在成年后都成了经营能手。

以下是"洛氏零用钱备忘录"的内容：

1.从5月1日起约翰的零用钱起始标准为每周1.5美元。

2.每周末核对账目，如果当周约翰的财务记录让父亲满意，下周的零用钱上浮10美元。

3.如果当周约翰的财务记录不合规定或无法让父亲满意，下周的零用钱下调10美元。

4.在任何一周，如果没有可记录的收入或支出，下周的零用钱则保持本周水平。

5.如果当周约翰的财务记录符合规定，但书写和计算不能令爸爸满意，下周的零用钱则保持本周水平。

6.爸爸是零用钱水准调节的唯一评判人。

7.至少有20%的零用钱将用于公益事业。

8.至少有20%的零用钱用于储蓄。

9.每项支出都必须清楚地被记录下来。

10.在未经爸爸、妈妈或斯格尔思小姐（家庭教师）的同意下，约翰不可以购买商品，并向爸爸、妈妈要钱。

11.如果约翰需要购买零用钱使用范围以外的商品时，约翰必须征得爸爸、妈妈或斯格尔思小姐的同意，并给约翰足够的资金。找回的零钱和收据必须在商品购买的当天晚上交给资金给予方。

12.约翰不向任何其他家庭教师、爸爸的助手或他人要求垫付资金（车费除外）。

13.对于约翰存进银行账户的零用钱，其超过20%的部分，爸爸将向约翰的账户补加同等数额的存款。

14.以上零用钱公约细则将长期有效，直到签字双方同时决定修改其内容。

犹太妈妈讲给孩子的话

孩子，这个零用钱备忘录，在你看来是不是也显得非常苛刻呢？洛克菲勒家族不缺这些钱，但是，洛克菲勒之所以要这么做，是为了让孩子从小就清楚自己的资金的来源和用途，并且对于每年甚至每个月的花费都要做到心中有数。

勤俭节约的比尔·盖茨

2016年3月，美国《福布斯》杂志公布：比尔·盖茨以其名下750亿美元的个人财富连续三年排在世界富翁的首位。然而，让人意想不到的是，这位世界首富没有自己的私人司机，公务旅行不坐飞机头等舱而坐经济舱，衣着也不讲究，他还对打折商品感兴趣，不愿为停车多花几美元……

看来，这位世界首富跟那种"一掷万金、摆谱显阔"的富翁迥然不同。

确实，比尔是一个与众不同的人。对他而言，创业是他人生的旅途，财富是他价值量化的标尺。他曾经说过："我不是在为钱而工作，钱让我感到很累。我只是这笔财富的看管人，我需要找到最合适的方式来使用它。"这就是比尔对金钱最真实的看法。他经常告诉那些向他取经的朋友："当你有了一亿美元的时候，你就会明白：钱只不过是一种符号而已。"

比尔非常讨厌那些喜欢用钱摆阔的人。他在杂志上发表自己的见解："如果你已经习惯了过分享受，你将不能再像普通人那样生活，而我只希望过普通人的生活。"

在日常生活中，比尔也从不摆阔。一次，他与一位朋友前往希尔顿饭店开会，那次他们迟到了几分钟，所以没有停车位。于是他的朋友建议将车停放在饭店的贵宾停车位。比尔不同意，他的朋友说："钱可以由我来付。"

比尔还是不同意，原因非常简单，贵宾停车位需要多付12美元，比尔认为那是超值收费。比尔在生活中遵循那句话："花钱如炒菜一样，要恰到好处。盐少了，菜就会淡而无味；盐多了，炒的菜便会苦咸难咽。"

一次，比尔与他的妻子美琳达来到一家墨西哥人开的食品店，刚一进店门，比尔就被"50%优惠"的广告词吸引，并且在不远处的葡萄干麦片的大盒包装上的确写着这样几个字。比尔似乎不敢相信这个标价，因为同样的商品在本地的一些商店里要比这里的价格高出一倍。比尔想得知它的真伪，便上前仔细端详。当他确认货真价实时，才付钱买了下来，并告诉美琳达："看来这里的确如同人们所说的那样，我今天很高兴自己没有多掏腰包。"

对于自己的衣着，比尔从不看重它们的牌子，只要穿起来感觉很舒服，他就会喜欢。一次比尔应邀参加由世界32位顶级企业家举办的"夏日派对"，那次他穿了一身套装，这还是美琳达几年前在泰国普吉岛给他买来拍照时穿的衣服，样子还不错，只是价格还不及歌星、影星一次洗衣服的钱。但比尔不在乎这些，他很高兴地穿着这套衣服参加了这次会议。比尔说："一个人只有用好了他的每一分钱，他才能做到事业有成，生活幸福。"

平日里，如果没有什么特别重要的会议，比尔会选择便装、开领衫以及他喜欢的运动鞋，没有一样是名牌。

犹太妈妈讲给孩子的话

勤俭节约是每一个人义不容辞的职责。这就要求我们在安排自己的生活水准时，达到适度原则。孩子，世界巨富比尔·盖茨都如此勤俭节约，我们为什么就不能做到呢？

萨姆·沃尔顿的财富神话

《财富》杂志在1955年开始评选世界500强企业的时候，沃尔玛还不存在。半个世纪之后，沃尔玛成为雄踞世界500强榜首的零售业巨头。

1985年10月，《福布斯》杂志将萨姆·沃尔顿列为全美富豪排行榜的首位。萨姆和他的沃尔玛一夜之间成为全美公众关注的焦点。大批的记者拥向萨姆的住地。然而，当他们看到这位美国富豪过着最简朴的生活时，不禁大失所望——萨姆穿着一套自己商店出售的廉价服装，开着一辆破旧不堪的小货车上下班，头上戴着一顶打折的棒球帽。

就是这样一个"乡巴佬"创造了一个财富神话。到2001年，沃尔顿家族财产总额达到931亿美元，成为世界上最富有的家族。萨姆的妻子、女儿都是进入世界亿万富翁排行榜前十名的女性，萨姆家族有五个人的名字已经连续多年出现在这个排行榜上。

1918年，萨姆出生在美国阿肯色州的一个小镇上。萨姆小时候家里并不富裕，这使他养成了节俭的习惯。1936年，萨姆进入密苏里大学攻读经济学，并担任学生会主席。二战期间他应征入伍，二战后他回到故乡，向岳父借了两万美元，加上自己平时积攒的五千美元，他和妻子海伦在纽波特租到几间房子开了一家小店，专卖5至10美分的商品。由于萨姆待人和善，附近的住户都愿意到他的店里来买东西。

1950年，夫妇俩以五万美元的价格卖掉了小店，转而迁居阿肯色州的本顿维尔，并在那里开办了一家加盟百货店——沃尔顿家庭商店。到了1962年，他们的名下已经有15家百货店。当年，萨姆和他的弟弟詹姆斯终于在阿肯色州的罗杰斯城开设了第一家完全属于他们自己的商店——沃尔玛。

沃尔玛一开始就获得了巨大的成功。第一年，在本顿维尔的商店营业额就已经达到了70万美元。1964年，沃尔玛已经拥有5家连锁店，1969年增至18家连锁店。沃尔玛在各地的经营风格是一致的——低利润、小库存，大批量进货，大批量出售，多在成本上下功夫，并且积极利用信息工具。

萨姆自幼便尝尽了生活的艰辛，他的心中早已有了"对每一分都应珍惜"的观念，这对他后来形成的经营风格影响巨大。他说："我们要为每一位顾客降低生活开支。我们要给世界一个机会，让大家来看一看，靠节约改善的生活是什么样子。"

犹太妈妈讲给孩子的话

沃尔玛的创始人萨姆·沃尔顿把节约当成了一种经营风格、经营品质。他说"要给世界一个机会，让大家看一看，靠节约改善的生活是什么样子"，他的伟大梦想实现了。孩子，我们是不是应该向他学习呢？

第 **3** 章

致富，努力与坚持必不可少

犹太人善于从细微处着手，勤劳苦干，从而创造不平凡的业绩。在这个过程中，他们的成功与努力和坚持密切相关。因此，犹太人经常会这样教育自己的孩子："世界上那些成功的人，往往不是那些有着显赫家庭背景的人，而是那些白手起家，通过努力与坚持创造财富的人。"

孩子，在致富路上，努力与坚持必不可少。

从童工到总经理

萨尔诺夫小的时候，家里十分清贫，没有机会读很多书。在读小学时，他不得不利用放学时间及假日打工，挣点儿钱贴补家用。在他小学快毕业时，父亲又因为长年辛苦而积劳成疾，过早地去世了。他没有办法继续完成自己的学业，只好辍学做了童工。

12岁的萨尔诺夫就开始步入社会，挑起了生活的重担。他一边努力赚取微薄的工资以补贴家用，一边开始自学课程。几年后，他在一家邮电局找到了一份送电报的工作。他的工作异常辛苦，一天要送20份电报。为了送出一份电报，有时候要跑上几英里路。当他回到家时，经常是深夜时分。为了多送几份电报，他又不得不在早上八点之前赶到电报大楼。

然而，他始终没有放弃将来要做一番大事业的梦想。于是，他开始学习当时几乎没有几个人掌握的国际莫尔斯电码的操作方法。当时只有小学文化程度的萨尔诺夫，要学习这样的先进技术，其难度可想而知。萨尔诺夫凭借其惊人的毅力，居然在短时间内学会了这项高难度的技术，于是他被破格提升为报务员。

在公司的研究所，萨尔诺夫自学完成了电气工程学学业，成为当时世界功率最强的电台公司——马可尼无线电公司的收发报员。1912年4月，在震惊世界的大型豪华客轮"泰坦尼克号"遇难的时候，他是世界上第一个收到沉船信息的人。他连续72个小时守在电报机旁，不间断地收传信息。

萨尔诺夫敏锐地发现，无线电技术的市场化具有广阔的前景。公司认为他具备了经理人的条件，于是在他30岁那年，将其升任为马可尼无线电公司这所特大型高科技公司的总经理。萨尔诺夫这样卓越的成绩，在当时是非常少见的，这些都要归功于他平日的勤勉与努力。

犹太妈妈讲给孩子的话

和萨尔诺夫相比，我们都是很幸福的，至少，我们不用在小小年纪就去当童工。但正是因为萨尔诺夫年少时吃过的那些苦，让他懂得了努力与勤奋的意义，所以他肯付出比别人多几倍甚至几十倍的努力。让我们更值得敬佩的是，早早辍学的他，居然有那么强的自学能力，这是多么出众的品质啊！孩子，你有何感想呢？

刻苦钻研的爱迪生

爱迪生于1847年出生在美国俄亥俄州米兰城一个劳动人民的家庭。他只上了三个月的学，就因"愚钝糊涂"被学校勒令退学了。

爱迪生最早的兴趣是在化学方面，他收集了二百来个瓶子，并购买化学药品装入瓶中。12岁时，他还到火车上去卖报挣钱。1861年美国爆发了南北战争，爱迪生利用火车的便利条件，创办了一份小报，用来传递战况和沿途消息。他一人兼任记者、编辑、排字、校对、印刷、发行等所有的工作。小报受到欢迎，他也从紧张的工作中增长了才干、知识和经验，还挣了不少钱，得以继续进行他的化学试验。但不幸的是，有一次爱迪生在火车上做实验，列车突然颠簸，一块磷落在木板上引发了火灾。列车员赶来扑灭了大火，也狠狠地给了爱迪生一个耳光，打聋了他的左耳。他被赶下了火车，那时他才16岁。

然而，挫折并没有使爱迪生灰心。他又迷上了电报，经过反复钻研，在1868年，他发明了一台自动电力记录仪，这是他的第一项发明。

我们知道，爱迪生的一生共有一千多项发明创造，但他从不沉醉于自己的发明。他无时无刻不在向科学新领域的高峰攀登，同时也无时无刻不在对自己的发明创造持否定态度，并加以改进。他对自己说："我是永远不会满足的。""无休止地钻研，不停地改进"，这正是爱迪生成功的重要因素。

爱迪生发明的蓄电池成功后，他便创办了一个蓄电池工厂并大批生产，产品销路一直很好。可是过了一段时间，他发现蓄电池有毛病，一时又找不到原因，于是他就决心改进蓄电池。但是改进需要时间，需要精力，同时工厂也需要停业，这不仅可能降低他发明蓄电池的威信，也将使他在经济上蒙受重大损失。然而，他命令工厂即刻闭门停业。有许多使用他的蓄电池的人比较满意，要求继续增加订货，他却一概不接受；有些人在经济上给他施加压力，他也毫不畏惧。结果，经他用心改进的蓄电池获得了比预料还好的成功，很快畅销各地。

在爱迪生的发明创造中，能够引起当时社会关注的，莫过于留声机了，这也是他的得意之作。由于当时的爱迪生已经完全失去了听力，能发明这样一台发声的机器实在令人震惊。爱迪生在发明留声机之初，就一改再改。十年过后，他又从架子上的尘埃中把留声机取下来，仍然要改进它。他实实在在地连续工作了五天五夜之久，才获得了成功。此外，还有这样的数字，完全可以证明爱迪生的钻研精神——他仅在留声机上的发明专利权就超过一百项。当我们看到今天的留声机的时候，不要忘记，这上面渗透着爱迪生的智慧与汗水。

犹太妈妈讲给孩子的话

爱迪生的才华并未从一开始就得到人们的肯定，但是他并没有因为遭到别人的嘲笑和打击而自暴自弃。相反，他把大部分时间都用在研究上。所以，孩子，不要轻易放弃每一次可以努力的机会，不要放弃金子般宝贵的时间。

阿诺德的传奇人生

让我们来看看这位美国的传奇人物——健美冠军，著名演员，后来又成功竞选州长的阿诺德的故事。

阿诺德的一生充满传奇色彩。他从一个瘦小子一举成为全世界最著名的健美明星，荣获三届"环球先生"与七届"奥林匹克先生"称号，后来又成为了银幕上的大牌明星。阿诺德成功的根本原因之一，就在于他付出了比平常人更多的努力。

在阿诺德的书中，他这样阐述了他那并不神秘的"成功秘诀"："要肌肉增长，你必须有强大的意志力，必须挨得起痛，不能可怜自己，稍痛即止；你要跨越痛苦，甚至爱上痛苦，人家做100个的动作，你要加倍，做足200个。还有，你要用不同的方法，从不同的角度训练你的每一组肌肉，令它没有办法不强壮，没有办法不结实。不要松懈，不要懒惰。没有坚强的意志，你是不会成功的。"

1975年，阿诺德宣布退休，不再参加比赛。五年后，有制片人邀请他主演一部耗资数千万美元的《霸王神剑》。而当时的他，由于已退出比赛，体重只有五年前的三分之二。为了使自己恢复到最佳状态，阿诺德决定参加当年的"奥林匹克先生"竞赛。

这一决定震惊了整个健美界。按常理，他要成功是绝对不可能的，何况此时距比赛只有数月。但是，阿诺德再次以超人的意志力全身心地投入到训练当中，日以继夜，用顽强的毅力和斗志，将肌肉"逼"了出来。因此，他在比赛中再次以最佳的状态胜出。这次竞赛成功之后，阿诺德又创造了七次摘取桂冠的纪录，阿诺德因此也获得了巨额的奖金，财富和荣誉是他努力的最好回报。

所以，别抱怨不公平，或许是自己做得还不够！

犹太妈妈讲给孩子的话

有一些人，经常会抱怨世界上到处都是不公平现象，抱怨自己总是没有机会，却从来不去反省自己有没有足够努力。孩子，当你遇到挫折的时候，首先要问问自己，是不是已经足够努力了。如果你没有成功，只能说明你还要继续努力。

妈妈的鼓励

马卡斯跟随父母从俄罗斯来到美国，住在纽威克的一个穷人聚居区。父亲靠做木工活维持着全家人的生计，母亲负责料理家务。马卡斯的母亲在40岁的时候患上了严重的风湿性关节炎，经常卧床不起。但是，马卡斯的母亲却从来没有抱怨过，她常挂在嘴边的一句话是"巴谢特"，意思是"苦尽甘来"，这是马卡斯的母亲面对艰难困苦时的一贯态度。

马卡斯的梦想是考上医学院，毕业后成为一名医生。但作为一个穷学生，马卡斯只能就近进了路特格大学的纽威克校区，这样他可以住在家里而省下住校的费用。马卡斯开始学习医学预科课程，并取得了优秀的成绩。一天，系主任通知他，他们已经为他争取到了上医学院的奖学金。但接下来的消息却令人失望——马卡斯仍需另外交纳一万美元的费用。毫无疑问，马卡斯拿不出那么多钱。没办法，马卡斯只好退学。回家的路上，马卡斯和母亲通了电话，他告诉母亲，自己再也不会成为一名医生了。

"别泄气，"母亲安慰道，"说不定好事还在后头呢！"

马卡斯在餐馆当了一年的服务生后，就到了新泽西州的一个医学院求学。毕业后，他开始营销药品，这让他第一次接触到了商品零售业，并开始喜欢上了这个行业。后来，马卡斯跳槽到西部一个名为"便民"的公司，这是一家小型家装公司。

在"便民"公司里，他常看到不少准备动手装饰和修补住房的人来买各种家装必需品。但是由于公司规模有限，所以他们不可能在这里一次就买齐所需要的东西。一天，他忽然有了一个主意。他想："如果能有一家大型商场，把所有的家装材料店（如厨卫设备店、涂料店、木材店等）全都包括进来，顾客岂不更方便？"

一天，马卡斯向老板谈了自己的建议，希望老板能采纳，把企业做大做强。然而，老板否定了马卡斯的想法，认为马卡斯在他面前过分炫耀，自以为了不起，无视他的权威，于是就把马卡斯解雇了。

这次失业给马卡斯带来了沉重的打击。马卡斯当时还有两个孩子正在上大学，此外，他向银行借的大笔抵押贷款也必须按期归还。正当马卡斯心灰意冷之时，他想起了母亲的那句口头禅。虽然母亲已经过世，但此时，他仿佛听见母亲在说"巴谢特"。

马卡斯决心自己当老板，着手实现创建一个大型家装材料超市的构想。他的这个超市将面向人口众多的工薪阶层，因为工薪阶层是自己动手搞家装的主力军。他这样做，正好为他们提供了及时的帮助。

马卡斯又找了几个志同道合的朋友作为合伙人。于是，一个名为"家庭"的大型家装材料公司应运而生。他们的生意做得红红火火，后来业务遍及全美。

在马卡斯的一生中，使他记忆最深的就是他母亲的那句口头禅"巴谢特"——苦尽甘来。

犹太妈妈讲给孩子的话

没有妈妈的鼓励，马卡斯能成功吗？很难说。然而有了妈妈的鼓励，马卡斯才在最艰难时获得了力量，并坚持了下来。通过自己的努力，他最终取得了成功。

幸运的农夫

从前，有一位农夫住在一个非常偏僻的小村庄里，他仅有的财产只是一块很小很小的土地。对这块土地，他投入了自己全部的心血。但是有一年，他的收成很不好，到了春耕的时候，他只剩下一小袋种子。所以，他更加珍惜这袋种子，把它视为珍宝。播种的当天，天刚刚亮，他就从床上爬起来，到他那块地里去了。

耕种的时候，他十分小心，生怕遗失了每一粒种子。到了正午时分，太阳毒辣辣地烘烤着他的脊背，他感到疲乏，便停下来在树旁休息。然而，当他坐下的时候，一把种子突然从袋子里洒了出来，掉到了树干下的树洞里。虽然那只是一些种子，但对这个农夫来讲，每一粒丢失的种子都是一份损失，每一粒种子都是宝贵的希望。

于是农夫拿着铲子，开始挖这棵树的树根，试图找回每一粒丢失的种子，因为他不想损失任何一粒种子。天气越来越热，汗水沿着农夫的脊背和眉毛滴了下来，尽管如此他还是不停地挖。当农夫终于找到种子时，他发现它们掉在了一个被埋着的盒子上面。他捡起了种子，又顺便打开了那个盒子。在盒子被打开的那一刻，他惊呆了！原来，盒子里装满了足够让他过完下半辈子的黄金。

从此以后，世界上多了一个富有的人。

"你真是世界上最幸运的人。"有人这样对农夫说。

农夫却只是笑了笑，说道："没有错，我是非常幸运的，但这些幸运全都源于我每天辛勤的劳作和我对种子的爱惜。"

犹太妈妈讲给孩子的话

这个故事告诉我们一个非常简单的道理：意外的报酬源于辛勤的劳作。如果没有辛勤的劳作，这个农夫就不可能得到意外的收获。孩子，你试想一下，没有付出，哪来收获？

永不枯竭的灵感

在美国，有这样一个人，他在一年当中的每一天里，几乎都做着同一件事——天刚刚放亮，他就伏在打字机前，开始一天的写作。这个男人名叫斯蒂芬·金，是国际上著名的恐怖小说大师。

斯蒂芬·金的经历十分坎坷，他曾经贫困潦倒，连电话费都交不起。后来，他通过多年的努力，创造了许多部恐怖小说，并成了世界上著名的恐怖小说大师。他的作品非常受读者欢迎，常常是

一部小说还在他的大脑中储存着，出版社的高额订金就支付给了他。如今，他算是大富翁了，可是他的每一天仍然是在勤奋的创作中度过的。

斯蒂芬·金成功的秘诀很简单，就是勤奋和坚持。正是这两个字引领斯蒂芬·金从最初的穷困潦倒中走出来，并拥有了现在的荣誉和财富。

一年之中，斯蒂芬·金只有三天的时间不写作，也就是说，他只有三天的休息时间。这三天是他的生日、圣诞节和美国独立日（国庆节）。而勤奋和坚持给斯蒂芬·金带来的好处是：拥有永不枯竭的灵感。

在这一点上，斯蒂芬·金与一般作家有所不同。一般的作家在没有灵感的时候就会去干别的事情，不会逼迫自己硬写。但斯蒂芬·金在没有什么可写的情况下，每天也要坚持写五千字。这是斯蒂芬·金在早期写作时，他的一位老师传授给他的一条经验，他一直坚持这么做，这使他终身受益。斯蒂芬·金曾说："我从没有过失去灵感的恐慌。"

犹太妈妈讲给孩子的话

斯蒂芬·金之所以成功，主要在于他的勤奋和坚持。通过多年的努力，他创作了多部恐怖小说，他的作品受到读者欢迎，他也因此成为了著名的恐怖小说大师。

普利策办报

普利策出生于匈牙利，后来随家人移居到美国生活。美国南北战争期间，他曾在联盟军中服役。复员后，他开始学习法律，并在21岁时获得律师执业资格，开始了独自创业的生涯。

普利策是个有抱负的年轻人，他觉得当个律师成不了大业。经过深思熟虑，他决定进军报业。那时候，普利策仅有半年打工的微薄收入，不过正是依靠这一点点积蓄，他逐步走向了成功。

阿基米德曾经说过："只要给我一个支点，我就能撬动地球。"普利策决心先找一个"支点"，有了"支点"才去实现撬动"地球"的壮举。据此，他千方百计地寻找进入报业工作的机会，以此作为他千里之行的起点。终于，他找到了圣路易斯的一家报馆，报馆的老板见这位年轻人如此热衷于报业工作，勉强答应留下他当记者，但有个条件——以半薪试用一年后再商定去留。

为了自己的理想，普利策接受了半薪的条件。他告诉自己，金钱多少并不重要，重要的是能够从这个机会中学到知识。

几年后，普利策对报社工作了如指掌，他决定用自己的一点积蓄买下一家濒临歇业的报馆，开始创办自己的报纸，取名为《路易斯邮报快讯》。那时候，美国经济正迅速发展，商业开始兴旺发达，很多企业为了加强竞争，不惜投入巨资搞广告宣传。普利策抓住机会，把自己的报纸办成了以经济信息为主的报纸，并加强广告部的运作，承接多种多样的广告。

就这样，普利策利用客户预交的广告费可以正常出版发行报纸，且发行量越来越大。报馆开办最初的五年，每年的盈利均成倍增长。普利策的报纸发行量越大，广告费也就越多。最终，他成为美国报业的巨头。

犹太妈妈讲给孩子的话

"给我一个支点，我就能撬动地球。"阿基米德的话多么经典。普利策从一家报馆的记者工作开始做起，并且只拿一半的薪水，但是他不在乎这些，而是为了实现理想不断学习。通过学习，他积累了经验，提高了技能，并获得了新的机会。他创办了自己的报纸，并且最终取得了成功。

从贫民窟里走出来的大富翁

在纽约的一个贫民窟里，有一个九口之家，他们生活极为贫困。家中最大的孩子不过12岁，最小的甚至还不会走路。家中唯一的经济来源便是在外工作的父亲的工资，但是父亲只是个普通职员，收入并不多。对于这样一个孩子众多的家庭来说，如此微薄的收入根本就难以支撑起家庭的开支。幸好孩子们的母亲很能干，也很会节俭。即便如此，一家人也不过是勉强维持温饱而已。

孩子们一天天地长大，家庭的负担也越来越重。转眼间，最大的孩子已经长到15岁了。到了后来，家中连锅都快揭不开了。无奈之下，父母打算让大儿子自己出去谋生，一来可以减轻家里的一些负担，二来也能够为孩子的将来早作打算。

一天，父亲对大儿子说道："孩子，家中的情况你也看到了，恐怕你要自己出去谋生了。"

父亲继续说道："在你离开家之前，我有几句话要嘱咐你。你知道，咱们家从来都不乱花钱的，你妈妈也很能节俭。可你看看现在的状况，咱家除了家徒四壁之外，什么也没有攒下。现在，我总算是想明白了，我们之所以如此贫困，其根源就在于我们只知道节俭而不会'开源'。就是因为这种保守而又狭隘的思想，我们始终无法摆脱贫穷的困扰。因此，我和你妈妈希望你能够到外面闯一闯。我们已经老了，而你既年轻又聪明，有着朝气蓬勃的面貌和美好的未来。记住，如果你能够放开保守和狭隘的思想束缚，开阔眼界，拓宽思路，或许真的有希望彻底改变贫穷的命运。"

父亲告诉大儿子："你面前打开了两扇门，一个上面写着'自由'；

另一个则写着'保险'。如果你选择了写着'保险'的门，那你最终什么都得不到，因为你的保守将使你失去变得富有的可能。而如果选择了写着'自由'的门，你也许会失去很多，也许会一路磕磕绊绊，也许会有损失。但是，只要能够坚持下去，你最终得到的不仅仅是自由，还会拥有更多的保障。那时候，你所向往的美好而富有的生活才会到来。"父亲期望大儿子能够闯出自己的路。

这个男孩带着父母的期望，很快就踏上了去远方谋生的道路。最初，他找到了一份替别人放贷的工作。手中积攒了一笔小钱后，男孩开始寻找赚钱的途径。一次，他在无意中发现做干货生意非常赚钱，觉得这是一个很好的赚钱机会。于是，他辞卓了工作，做起了干货买卖。本来就聪明的他，再加上勤勤恳恳的态度，没过多久，他手中的钱变得越来越多。又过了几年，他终于将父母兄弟接出了贫民窟，男孩靠自己的智慧和努力终于实现了父亲的梦想。

但是，男孩并没有满足眼前富裕的生活，他已经把赚钱当成了人生的乐趣。在仔细考虑之后，他决定到更远的地方去闯荡一番，以便谋求更大的发展。不久，他只身来到英国伦敦。经过一段时间的摸索后，他将目光锁定了金融业。在刚开始的时候，他先是和一些商人一起做承兑银行业务的生意，这是当时一种非常时髦的高级金融业务，也就是现代投资银行的前身。后来，他又通过布朗兄弟公司英国分公司的推荐，很快打入了英国金融界的上层社会，成为名副其实的大富翁，继续着他赚钱的梦想。

犹太妈妈讲给孩子的话

故事中，男孩的父亲告诫他：宁愿选择"自由"，也不要选择"保险"。父亲是希望他将来能闯出一番自己的事业。男孩最终做到了，成了一个名副其实的大富翁。

"爱折腾"的布兰森

英国维珍集团是一个拥有三百多家分公司的商业帝国，涉及航空、电信、银行等多个领域，其创始人及CEO是大名鼎鼎的布兰森。布兰森全家都拥有冒险精神，特别是布兰森的母亲，常会故意给孩子"制造"挑战机会。

布兰森的父母从小就很注重培养孩子们的独立精神。在布兰森四岁时的一天，母亲开车带他回家。在离家几公里远的地方，母亲突然停下车来，要求小布兰森自己走路回家。面对一望无际的田野，小布兰森迷路了。

另一次，在一个冬日的凌晨，母亲叫醒布兰森，塞给他几块三明治和几个苹果，让他骑车前往80公里外的亲戚家。"我已经不记得是怎样到亲戚家的。我只记得当我最终走进亲戚家厨房时，我就像一个得胜归来的英雄，为能完成这次自行车马拉松而自豪不已。"布兰森后来回忆说。

因为这种挑战和冒险精神，所以布兰森从小就具有商业探索精神。一次，父母送给他一辆玩具电动小火车，他自己动手改装小火车，提高车速，并以每人两块巧克力饼干作为门票价格，请小朋友观看。结果，一连半个月，布兰森都不愁没有饼干吃。

在15岁时，他和朋友尼克用卖报纸的钱购买了树苗，种下了400棵圣诞树，并盘算着如何用50英镑的初始投资获利800英镑。可是在接下来的暑假，绝大部分树苗都被野兔吃掉了。于是，他们气急败坏地猎杀野兔，并低价出售。后来，他又发现养鹦鹉是一个"伟大"的商业机会，没想到，不堪忍受清洗鸟舍之苦的妈妈偷偷地把鹦鹉放走了。

在17岁时，布兰森终于离开学校，拿着老妈给的400英镑赞助费在一个狭窄的地下室里创建了《学生》杂志社。布兰森负责杂志的商业运作。当合作伙伴们还在热衷于政治时，他就在考虑如何充分利用"学生"这个品牌进行多种经营了。经过努力，他让《学生》杂志的发行量一度激增到20万份。

孩子，你不妨学习故事主人公布兰森那种"爱折腾"的精神。这种"折腾"是一次次勇敢的尝试，也是一份执着和坚持。愿你也能像布兰森一样，成为一个"爱折腾"的人，为自己"折腾"出一个精彩人生。

山村六郎

山村六郎幼年丧父，家中一贫如洗。因生活所迫，他不得不和很多穷孩子一样做了报童。他满不希望地走进一家饭馆，但还没来得及叫卖，就被老板连踢带打地赶了出来。他第二次进去，又被老板踢了出来。

小山村六郎真的不想干了，可一想到替别人洗衣服的母亲那双满是伤痕的手，他便硬着头皮又一次走了进去。客人们被这个不要命的小家伙惊呆了，或许是出于同情，他们说服老板允许山村六郎在饭馆卖报。虽然受了皮肉之苦，但口袋里却有了不少钱，卖报生活使山村六郎练就了锲而不舍的精神。

"我做对了什么，又做错了什么？下次我该怎样处理同样的情况？"从那次卖报之后，山村六郎就常常问自己这些问题，一直保持着勤于思考的习惯。

后来，山村六郎的母亲给一家保险经纪公司推销保险。在16岁那年暑假，山村六郎也试着去推销保险。他看准了一栋办公大楼，走了过去，当年卖报的情形浮现在他的眼前。山村六郎站在楼梯前，浑身发抖。是害怕，还是激动？他一时也弄不清楚。

"如果我做了，没有损失，还可能大有收获，那就动手去做，马上就做！"山村六郎给自己打气，终于鼓起勇气走进了大楼。这一次，他没有被踢出来。他遭到拒绝就立刻来到下一间办公室，让自己没有时间去犹豫。那天，山村六郎只卖出了两份保险，但他十分高兴，因为他看到了自己潜在的才能，也掌握了不少推销技巧。第二天他卖出了四份，第三天他卖出了六份。

一不做，二不休，为了自己开创的事业，山村六郎走遍了名古屋。他每天都能推销近40份保险。这样，到了20岁那年，他信心满满地来到东京，开了一家保险经纪公司。在开业第一天，他就卖出了54份保险，这是一个好兆头。山村六郎信心十足，四处奔波，推销保险。之后，他创造了一天能卖出122份保险的奇迹。

早期的成功使山村六郎得出了一个结论：开始时不能求快，只有把根基打牢才能持久，因此他认真地挑选了几名推销员。自己的事业在东京打下牢固基础后，他才来到大阪和神户，接着又到其他地方推销保险，并在全国性的报纸上刊登广告。这样没几年，在全国拥有一千多名推销员的山村六郎保险经纪公司已经初具规模，令人刮目相看。

但世事难料，山村六郎保险经纪公司后来遭遇了经济危机。一时间，各行业都一蹶不振。人们没有钱买健康保险和意外保险，有钱人宁愿把钱存下来以防不测，公司面临着巨大的困难。

山村六郎并没有灰心。他猜想，在繁荣年头里雇用的那些推销员没有经受住当前经济萧条的巨大考验，这才是真正的原因。"销售是否成功，取决于推销员，而不是顾客。"山村六郎要亲自去证明这句行话。他来到名古屋，凭着过硬的推销本领，取得了骄人的成绩。这证实了他的判断，因此，他马上编印了一些关于如何推销的讲义，发给推销员们。他还亲自来往各地，跟着他们一起出去推销。虽然他的推销员从一千多人减少到了两百多人，但这两百多名训练有素的推销员却创造了巨额的财富。

犹太妈妈讲给孩子的话

山村六郎小时候的卖报经历练就了他锲而不舍的精神，这为他以后的保险事业的发展奠定了扎实的基础。在公司遭遇经济危机的时候，山村六郎调整策略，坚持推销他的保险，使公司度过难关，并带领大家创造了三额财富。

"淘金人"松本

自从有人在萨文河畔散步时无意间发现金子后，这里便常有来自四面八方的淘金者，他们都想成为富翁。他们寻遍了整个河床，还在河床上挖出很多大坑，希望找到更多的金子。的确，有一些人找到了，但另外一些人因为一无所得只好扫兴归去。也有一些不甘心落空的人，便驻扎在这里，继续寻找。

松本就是淘金队伍中的一员。他在河床附近买了一块没人要的土地，一个人默默地工作。他为了找到金子，已把所有的钱都压在这块土地上了。他埋头苦干了几个月，直到土地全变得坑坑洼洼。他翻遍了整块土地，但连一丁点儿金子都没看见。六个月以后，他连买面包的钱都快没有了，于是准备离开这儿到别处去谋生。就在他即将离去的前一个晚上，天空下起了雨，并且一下就是三天三夜。

雨终于停了，松本走出小木屋，发现眼前的土地看上去好像和以前不一样了——坑坑洼洼的地面已被雨水冲刷平整，松软的土地上长出了一层绿茸茸的小草。

"这里没有金子，但土地很肥沃。"松本若有所悟地说，"我可以用来种花，并且拿到集市上去卖给那些富人。他们一定会买些花装扮他们华丽的客厅。如果真是这样的话，那么我一定会赚不少钱，有朝一日我也会成为富人……"松本仿佛看到了将来，他美美地撇了一下嘴继续说："对，不走了，我就种花！"于是，他留了下来。

松本花了不少精力培育花苗，不久田地里长满了美丽娇艳的各色鲜花。他拿到镇上去卖，那些富人一个劲儿地称赞："我们从没见过这么美丽鲜艳的花！"他们很乐意付钱来买松本的花，以便使他们的家里变得更富丽堂皇。

五年后，松本终于实现了他的梦想——成了一个富商。"我是唯一一个找到真金的人！"他时常不无骄傲地告诉别人，"别人在这儿没有找到黄金便远远地离开了，而我的'金子'就在这块土地里，只有辛勤地劳动才能够获得。"

犹太妈妈讲给孩子的话

随波逐流的人，始终走在别人的后面，即使真的有黄金，也早已被前面的人淘完了。财富存在的形式不只是黄灿灿的固体，有时候它可能是黑色的石油、肥沃的土地，甚至是你头脑中的智慧。要想获得财富，努力与坚持必不可少。

华莱士夫妇创办《读者文摘》

《读者文摘》由美国的华莱士夫妇于1922年创刊，总社设在纽约。华莱士原为电气公司职员，他被解雇后，与妻子以1800美元的资本在纽约一家小酒店的地下室里创办了《读者文摘》杂志社，并于1938年在英国出版第一期国外版。1939年，《读者文摘》已行销300万册。该刊为32开的袖珍本，用英、法、西、葡、德、意、瑞典、挪威、芬兰、丹麦、日等15种文字出版，其中包括中文版。此外还有盲文版、大字号版、录音版等，在美国各大城市、小市镇的书店、报摊、车站、机场、百货公司、超级市场，几乎都有这种杂志出售。

它是如何产生的呢？

1921年6月2日，是电报诞生整整25周年的纪念日。美国《纽约时报》对这一历史性的发明发表了一篇简短的评论，其中有这样一句话："现在，人们每年接收的信息是25年前的25倍。"

对这一消息，当时在美国有16个人做出了敏锐的反应，那就是创办一份文摘性刊物。在不到三个月的时间里，这16位有先见之明的人士不约而同地到银行存了500美元的法定资本，并领取了执照。

然而，当他们到邮政部门办理有关发行手续时却被告知："该类刊物的征订和发行暂时不能代理。如需代理，至少要等到第二年的中期选举结束以后。"得到这一答复后，其中的15人为了免交执业税，向新闻出版管理部门递交了暂缓执业的申请。然而，华莱士夫妇没有理睬这一套。他们回到暂住地纽约市的格林威治村的一个储藏室，一起糊了2000个信封，装上征订单寄了出去。

这2000件信函也许根本算不了什么，然而，对世界出版史而言，一个奇迹却诞生了。到20世纪末，这两个人创办的这份文摘刊物，已拥有19种文字48个版本，发行范围达到127个国家和地区，订户上亿，年收入超过5亿美元。在美国百强期刊排行榜中，《读者文摘》几十年来一直位居前三。

犹太妈妈讲给孩子的话

在大家坐等的时候，华莱士夫妇却没有这样做，而是糊了2000个信封，装上征订单寄了出去……他们的努力和坚持得到了回报，大批量的订单像雪片一样飞来，因此，他们的业务获得大发展。

第 **4** 章

机遇，是为果敢的人准备的

做任何事情都是有风险的，只是风险大小不同而已。有的人因为害怕风险，所以没有勇气去尝试、去探索，这样的人注定是平庸的。犹太人正好相反，他们积极乐观，喜欢冒险，做事果敢，并且有勇气去面对任何可能遇到的失败。因此，当机遇来临时，他们就成为被"宠爱"的对象了。

机遇偏爱谁？孩子，机遇是为果敢的人准备的。

约瑟夫·贺希哈

约瑟夫·贺希哈是一位犹太人，他出生在拉脱维亚的一个贫苦家庭。1908年，他随父亲迁到美国纽约市的布鲁克林区汉堡特贫民区。就在他们一家人还未在这座城市立足的时候，一场火灾殃及全家，连屈指可数的财物也被熊熊烈火吞噬了，约瑟夫·贺希哈从此沦为在垃圾桶中寻找食物的小乞丐。

在这个号称世界经济最发达的国家里，年幼的约瑟夫·贺希哈虽然在学校读书的机会不多，但他受父母的影响，时刻渴望有朝一日事业有成。约瑟夫·贺希哈周围的一些孩子，由于所受的教育太少，他们不思进取，有的还走向了可怕的道路，诸如小偷小摸、打砸抢、吸毒贩毒、卖淫嫖娼，甚至加入黑社会。约瑟夫·贺希哈与他们不同，他每天拾取别人废弃的报纸，并坐在街边的石椅上看个不停，晚上还借助路边灯光阅读捡来的书。在这样恶劣的环境下，约瑟夫·贺希哈慢慢地对书报上的经济信息、股市行情产生了兴趣，他决心从股票方面发展自己的事业。

一个衣不蔽体、食不裹腹的乞丐，竟然想发展股票事业，这简直是异想天开。然而，约瑟夫·贺希哈正是凭着他这股顽强的进取精神，一步一步地向着这个目标前进。

1914年，第一次世界大战开始了，纽约证券交易所因经营惨淡而关闭了，美国绝大多数证券公司也岌岌可危。就在这个时刻，约瑟夫·贺希哈到证券交易所去找工作做。几位在交易所门口玩纸牌的人听说他来找工作，不禁哄然大笑起来。他们认为，他在股市大崩溃的形势下还想着做股票工作，一定是脑子出了问题。

尽管接连受到了冰冷的讥笑，但他仍不放弃自己的追求。他到了百老汇大街的依奎布大厦，在爱默生留声机公司找到了一份工作，那是一份负责总机接线的工作，薪水很低，每周12美元，但他心甘情愿地接受了这份工作。

人生的奋斗目标总是从不起眼的事物开始。他牢牢记着古希腊物理学家阿基米德的名言："只要给我一个支点，我就能撬起整个地球。"他满腔热情地开始了工作，并珍惜自己获得的每一个机会，一有闲暇时间他便会认真钻研股票业务和市场行情。

爱默生留声机公司已发行并经营股票，于是他潜心关注着公司的经营情况。他想，自己现在从事的工作与高层次的股票工作差距太大，怎么能使自己向它靠拢呢？他一边工作，一边注意公司的业务运作模式，想着如何登上这一台阶。一天，他发现总经理的办公室里有一个股市行情指示器，凭着多年钻研股票的知识，他深知它的作用。

在为该公司卖力工作了半年多之后，约瑟夫·贺希哈给总经理留下了不错的印象。一天上午，约瑟夫·贺希哈鼓起勇气，敲开了总经理办公室的门，并对他说："总经理先生，我可以做您的股票经纪人吗？"

总经理非常惊讶，他盯着这位犹太小伙子，觉得他半年来工作勤央，反应机智，还很有勇气向自己提出这个要求。他对约瑟夫·贺希哈说："胆量是股海冲浪的首要条件。你既然有这种勇气，可以试试看！"

此后，贺希哈成为爱默生留声机公司股票行情图的绘制员，他运用自己积累的股票知识很快就上手了。在工作中，他对股票买卖领悟更深了，这为他日后的事业发展打下了坚实的基础。

约瑟夫·贺希哈在爱默生公司工作时，节衣缩食，设法为自己积累本钱。除了每天花很少的车费、午餐和零用钱外，他将剩余的钱全部存下来。经过三年的艰辛努力，他积累了250美元。最终，他通过自己的努力，成为了一名出色的股票经纪人，从此走上致富之路。

犹太妈妈讲给孩子的话

孩子，正如那位总经理所说的那样——"胆量是股海冲浪的首要条件"，胆量是规避风险的首要条件。从某种程度上说，每个人或多或少都会经历一些风险。风险在很多人眼里是一件痛苦不堪的事情，因为他们把困难想象得太强大，自己根本没有勇气去面对，更不要说去克服了。有胆量克服困难，抓住机遇，才有可能获得财富与成功。

荒地变宝地

在过去，美国一所学院的院长继承了一大块贫瘠的土地。在这块土地上，既没有具有商业价值的矿产资源，也没有其他贵重的附属物。因此，这块土地不但不能给他带来任何收入，反而成了他的负担，因为他必须支付高额的土地税。

一个犹太人刚好开车从这里经过，看到了这块贫瘠的土地正好位于一处山顶，在那里可以观赏四周美丽的景色。他还注意到，这块土地上长满了松树。于是，犹太人以每亩100美元的价格，买下了这块50亩的荒地。在靠近公路的地方，犹太人盖了一间独特的木制房屋，又在房子附近建造了一个加油站。接着，犹太人又在公路沿线建造了十几间木制房屋，并以每人每晚3美元的价格出租给游客。这样下来，犹太人在第一年就净赚了15万美元。

第二年，这个犹太人又扩大了自己的经营。他增建了另外50栋木屋，每一栋木屋有三个房间。他把这些木屋出租给他人作为避暑别墅，租金为每个季度150美元。这些木屋的建筑材料根本没有花他的钱，因为这些木材就是长在这块土地上的松树。这些木屋外表独特，正好成为他的扩建计划的最佳广告。

在距离这些木屋不到5公里处，犹太人又买下占地150亩的农场，每亩价格250美元，而卖主则相信这个价格是当时最高的了。

这个犹太人马上又建造了一座100米长的水坝，把河水引进一个占地15亩的湖泊，并在湖中放养了许多鱼，然后把这个农场出售给那些想在这里避暑的人。这样简单一转手，他就赚了25万美元。

犹太妈妈讲给孩子的话

本来是一块荒地，到了这个犹太人的手中，却变成了一块宝地，他因此挣了大量的钱财。从这个例子可以看出，商机无处不在，犹太人之所以能在商业界划出一片属于自己的领地，关键在于他们拥有敏锐的眼光和聪慧的头脑。

杰克的经营之道

有一家犹太人在美国开了一个规模不大的缝纫机厂，可是他们不怎么走运，该厂开业不久，第二次世界大战就爆发了。这家缝纫机厂在战争期间生意萧条，工厂主杰克看到战争时期百业凋敝，只有军需用品是热门货，于是他把目光转向了未来的潜在市场。他告诉儿子，缝纫机厂需要转产改行。

儿子问父亲：“改成什么？”

父亲说："改成生产残疾人用的小轮椅。"

儿子当时大惑不解，不过还是遵照父亲的意思办了。经过一番设备改造之后，一批批的小轮椅问世了。随着战争结束，许多在战争中受伤致残的士兵和平民，纷纷前来购买小轮椅。杰克工厂的订单与日俱增，小轮椅不但在本国畅销，连国外的人们也来争相购买。

杰克的儿子看到工厂生产规模不断扩大，财源滚滚，在满心欢喜之余，不禁又向父亲请教："战争已经结束了，小轮椅如果继续大量生产，市场需要的量可能已经不多。在未来的几十年里，市场又会有什么需求呢？"

老杰克成竹在胸，反问儿子："战争结束后，人们的想法是什么呢？"

儿子回答："人们对战争已经厌恶透顶，希望战后能够过上美好的生活。"

杰克进一步指点儿子："那么，美好的生活靠什么呢？要靠健康的身体。将来人们会把健康作为重要的追求目标。所以，我们要为生产健身器材作好准备。"

于是，生产小轮椅的流水线又被改造成生产健身器材的流水线了。在最初几年，健身器材的销售情况并不太好。这时老杰克已经去世，但是他的儿子坚信父亲的超前意识，仍然继续生产健身器材。结果，就在战后十多年，健身器材开始走俏，不久便成为热门产品。当时的健身器材生产厂家在美国只此一家，独领风骚。老杰克之子根据市场需求，不断增加产品的品种和产量，扩大企业规模，从而积累了巨额财富。

犹太妈妈讲给孩子的话

一个规模不大的缝纫机厂，在十几年的时间内，就积累了巨额财富。从这个工厂的发展历程中我们可以知道，杰克善于洞察先机，挖掘潜在的市场，才使工厂有了巨大的发展。

知难而进的约瑟夫

约瑟夫生活在哈特福，经营着一家小咖啡店，同时兼营一些旅行用的箱子。经过一段时间的苦心经营后，约瑟夫手中的余钱逐渐多了起来。后来，他又用这些钱建了一个很气派的旅馆，开始做旅馆生意。

1835年，约瑟夫又在伊特纳火灾保险公司进行了投资。虽然名为投资，实际上并不需要投入资金，只要出资者用自己的信用作为担保，在这家保险公司的股东名册上签上自己的大名后，就能定期收取投保者交纳的手续费。从当时的情况来看，只要不发生火灾，这也是一桩稳赚不赔的买卖。

然而事与愿违，就在约瑟夫签字后不久，纽约发生了一场罕见的大火。这样，所有的投资者都必须付出大量的资金来给他们的保户们理赔。这一天，几乎所有的投资者全部都聚集在约瑟夫的旅馆里，一个个面色苍白，急得像热锅上的蚂蚁。这样的突发事件让投资者们惊慌失措，甚至有的投资者要主动放弃自己的股份。但是，约瑟夫没有那么做。不仅如此，他反而计划着将其他人的股份统统买下来。因为在约瑟夫看来，这可能是一个大赚特赚的好机会。如果真的能赌赢，他就可以翻身了。

可是，当时约瑟夫的手中根本就没有那么多钱，就算是搭上旅馆也不够买下那些股份。就在他为难之时，幸好他的一个朋友愿意和他一起冒这个险。于是，两人凑了一大笔钱，然后派代理人去纽约处理赔偿事项。

令人高兴的是，代理人不仅顺利地完成了理赔工作，同时还带回了大笔现款。这些现款是那些新投保的客户出资的手续费。

这是怎么回事呢？原来，由于为保户们理赔及时，伊特纳火灾保险公司在纽约声名鹊起，大家都觉得它是一个非常可靠的保险公司，于是纷纷向它投保。

在这次火灾后不久，约瑟夫净赚了20万美元！

犹太妈妈讲给孩子的话

孩子，你能像约瑟夫一样临危不乱，并且眼光独到吗？其实无论做什么生意都是有风险的。只有善于观察和分析市场的行情，才能够果断地把握良机。

卡内基办钢厂

19世纪60年代初期，卡内基在铁路系统任职。细心的他发现，美国的铁路无论桥梁还是路轨，全都是用铁造的，路轨及桥梁事故时有发生。卡内基觉察到，这是一个有待解决的大问题，并认为"铁"的时代早晚要结束。

直到有一天，欧洲的贝色麦发明了一种新的炼钢方法，使钢有了大规模生产的可能。这则消息立刻引起了卡内基的注意，他马上意识到：这将意味着"铁"时代的终结，"钢"时代即将来临。卡内基告诉自己："这是一个绝好的机会，谁能捷足先登必将前途无量。"卡内基考虑到自己的财力不足，马上与弟弟商量，要把全部资本抽出来投资办钢厂，而且还要借一大笔钱。卡内基的弟弟没有那么大的气魄，忙说："这样做太冒险了，你不能把所有的鸡蛋放在同一个篮子里吧。"

"我看准了，'钢'取代'铁'势在必行，先下手为强，它值得我们下一笔大赌注。"卡内基斩钉截铁地回答道。

弟弟虽然心里仍然有些不放心，但还是按照卡内基的意思做了。首先是选厂址，卡内基看中了独立战争时期的布拉多克战场一带的一块土地。那块土地的主人听说卡内基要在他的土地上办工厂，竟一夜之间将地价从每英亩500美元提高到2000美元。卡内基的弟弟犹豫不决，忙发电报请示哥哥。卡内基此时正在吃饭，他马上放下饭碗去电报局给弟弟发了一个加急电报，告诉他弟弟："赶快买下来，不然明天又要涨到4000美元了。"听了卡内基的话，他的弟弟立刻买下了那块土地。

自从卡内基创办钢厂以来，一直一帆风顺。钢厂的最初资本只有100万美元，但不久每年利润就达到200万美元，后又增至500万美元，甚至1000万美元。到1890年，钢厂的年利润已达上亿美元。卡内基也成了名副其实的"钢铁大王"。

> **犹太妈妈讲给孩子的话**
>
> 卡内基看准时机，倾其所有创办钢厂，发展钢铁业，不愧为具有雄才大略的企业家。这种有准备、有策略的冒险精神，最终使卡内基成为了"钢铁大王"。

"芭比娃娃"诞生记

1916年，露丝出生在美国科罗拉多州首府丹佛市。她的父母原是波兰的犹太人，为了逃避兵役，他们像无数个到美国寻梦的移民一样，乘坐着既热又脏的蒸汽船，来到了大洋彼岸。

一天，露丝忽然看见女儿芭芭拉正在和一个小男孩玩"剪纸娃娃"游戏，这些"剪纸娃娃"不是当时常见的"婴儿宝宝"，而是一个个"少年"，它们有各自的"职业"和"身份"，这让女儿芭芭拉非常着迷。

"为什么不做一个成熟一点儿的玩具娃娃呢？"露丝的头脑中进发出了灵感。于是，她开始着手制作她梦想中的玩具娃娃。经过一番周折，她设计出了一个近乎完美的女性玩具娃娃。

这个玩具娃娃是个"大人"，它四肢修长、清新动人，身材婀娜，并且被漂亮的衣服紧紧地包裹着，它的脸上还流露出了像玛丽莲·梦露一样灿烂的笑容，尽管它只有11.5英寸高。最后，露丝把女儿芭芭拉的昵称"芭比"送给了这个可爱的玩具娃娃。"芭比娃娃"非常受小女孩的欢迎，因此畅销全美。

从第一个"芭比娃娃"诞生之日起，它就一直在被不断地改进和创新。"芭比娃娃"的外形历经了约500次的修正与改良，才成为今日的样子。为了让"芭比娃娃"有漂亮的时装，从1995年至今，约有10亿件衣服被生产出来，每年约有100款"芭比娃娃"新装推出。如今，"芭比娃娃"畅销世界150个国家，总销售量超过10亿个。这个介于小女孩和成年女子之间的"美国少女"，是世界玩具市场上畅销最久的玩具，成为全世界男女老少的心爱之物。

露丝创造出来的"芭比娃娃"，已经远远超越了玩具的定义，成了一个永恒的文化符号。露丝曾经在她的自传里写道："我创造'芭比娃娃'的理想就是：通过这种玩具的诞生，让所有的女孩子都意识到，她们能够成为自己梦想的任何一种人。'芭比娃娃'代表了女性拥有与男性一样的选择权……'芭比娃娃'已不仅仅只是一种玩具，她已经成为女性消费者生活中的一部分，我为此而感到高兴。"

犹太妈妈讲给孩子的话

露丝紧跟时尚潮流，创造了"芭比娃娃"经久不衰的神话。这说明，每一个生意人都必须仔细研究市场，既要能赶上时尚，还要超前于时尚。因为，人们的需求在不断变化，市场也在不断变化，今天畅销的产品，也许明天就无人问津。

"金融大鳄" 索罗斯

1944年，随着纳粹党对布达佩斯的侵略，索罗斯的幸福童年被宣告结束，并随家人开始了逃亡生活，那是一段充满艰险和痛苦的岁月。靠着父亲的精明和坚强，凭借假身份证和好心人的庇护，他们一家人终于躲过了那场劫难。后来索罗斯说："那是我生命中最值得铭记的一段时光，我从生死危难中学会了生存的技巧，这其中的两条经验对我此后的职业生涯很有帮助：第一是不要害怕冒险，第二是冒险时不要押上全部家当。"

20世纪50年代，索罗斯带着5000美元来到了纽约。在朋友的介绍下，他成了一名从事黄金和股票投资的套利商。虽然在后来，套利成为最火爆的金融赌博形式之一，但是在20世纪50年代，它是不被看好的。没有人愿意投入大额资金，以期从公司的接收股中获取利润。在生活单调的50年代，像索罗斯这样的生意人，只能利用同一种股票在不同市场的微小差价，通过"低价买进，高价卖出"来赢利。不过在那时，欧洲人只同欧洲人打交道，美洲人只同美洲人接触。这种地域观念使索罗斯有利可图，让他在欧洲证券市场大有作为。

1960年，索罗斯第一次对外国金融市场进行了成功的探索。通过调查，索罗斯发现，由于安联公司的股票和不动产业务上涨，其股票售价与资产价值相比差距甚大，于是他建议人们购买安联公司的股票。摩根担保公司和德雷福斯公司听取了索罗斯的建议，先后购买了安联公司的大部分股票，但其他公司并不相信。事实证明，索罗斯的判断非常正确，安联公司的股票价值在一年内翻了三倍，索罗斯因此名声大振。

索罗斯能从一名普通的金融从业者，成为有胆识的"金融大鳄"，凭的就是他勇于冒险、善于冒险的精神。

犹太妈妈讲给孩子的话

在不确定的市场环境里，人的冒险精神是最稀缺的资源。但是，聪明的生意人并不会冒毫无把握的风险。他们在追求利润之前，会认真分析自己的优势和劣势，然后根据实际情况制定相应的策略，并根据随时发生的新情况，做出适当的调整。

多谋善断的菲勒

菲勒出生在一个贫民窟里，他和所有出生在贫民窟的孩子一样，争强好胜，喜欢逃学。唯一不同的是，菲勒有一种天生会赚钱的眼光。

菲勒把一辆街上捡来的玩具车修理好，让同学们玩，然后向每人收取几美分。通过这种方法，他竟然在一个星期内赚回了一辆购买新玩具车的钱。

菲勒的老师对他说："如果你出生在富人家庭，你会成为一个出色的商人。但是，这对你来说是不可能的，你能成为街头商贩就不错了。"

正如他的老师所说，菲勒中学毕业后，真的成了一名商贩。与贫民窟的同龄人相比，他已是相当体面了。他卖过小五金、电池、柠檬水、饼干……每一次他都得心应手。

菲勒真正起家靠的是一堆丝绸，这些丝绸来自日本。因为轮船在海运中遭遇暴风雨，这些丝绸被染料浸湿了，足足有一吨之多。这些被浸染的丝绸成了日本商人最头痛的东西：他们想处理掉，却无人问津；想搬运到港口，扔进垃圾箱，又怕被环境部门追责。于是，日本人打算在回程路上把那些丝绸抛进大海里。

港口的一个地下酒吧是菲勒的乐园，他每天都来这里喝酒。那天，菲勒喝得微醺，当他步履蹒跚地走到几位日本海员旁边时，海员们正在与酒吧的服务员聊着那些令人讨厌的丝绸。说者无心，听者有意，菲勒感到机会来了。

第二天，菲勒来到海轮上，用手指着停在港口的一辆卡车，并对船长说："我可以帮你们把这些没用的丝绸处理掉。"结果，他不花任何代价便拥有了这些被化学染料浸过的丝绸。然后，他把这些丝绸制成迷彩服、迷彩领带和迷彩帽子……几乎在一夜之间，他靠这些丝绸拥有了10万美元的财富。

从此，菲勒不再是街头商贩，成为了一名有钱的商人。

犹太妈妈讲给孩子的话

孩子，许多成功的商人，他们的学历、知识并不是很高，他们没有进过商学院，也没有接受过一流的商业培训，可是他们都有一个共同的特点，就是"多谋善断"。多谋，便能判断这是不是商机；善断，便能在恰当的时候下定决心。菲勒就是这样一个人。

机遇偏爱谁？

哈默是一个善于发现良机并敢想敢做的人。在哈默16岁的时候，他看中了一辆正在拍卖的敞篷二手车，但标价却高达185美元，这个数字对当时的哈默来说是惊人的。尽管如此，他仍然抓住机遇不放，向在药店工作的哥哥哈里借款，买下了这辆车，并用它为一家商店运送糖果。两周以后，哈默如数还清了哥哥的钱。哈默的第一笔交易虽然不算什么，但在当时对他来说却属"巨额"交易，在这笔交易中，哈默锻炼了自己的能力，并提高了独自开创赚钱途径的本领。

1921年8月，在经过漫长的旅途之后，哈默风尘仆仆地抵达莫斯科。哈默在考察中发现，这个国家地大物博、矿产资源丰富，但人们却饿着肚子。

"为什么不出口各种矿产品去换回粮食呢？"哈默直接向列宁提出建议。列宁采纳了他的建议。于是，哈默取得了在西伯利亚地区开采石棉矿的许可证，成为第一个取得矿山开采权的外国人，美苏之间的易货贸易也由此开始。

一个偶然的发现，使哈默又萌生在苏联办铅笔厂的念头。有一天，他走进一家文具店想买一支铅笔，但商店里只有每支售价高达26美分的德国货，而且存货有限。哈默知道，同样的铅笔在美国只需3美分。于是，他拿着铅笔去见当时苏联主管工业的人民委员克拉辛，并对他说："政府已经制定政策要求每个公民都要学会读书和写字，但没有铅笔怎么办呢？我想获得生产铅笔的许可证。"克拉辛答应了他的要求。于是，他用高薪从德国聘来技术人员，从荷兰引进机器设备，在莫斯科办起了铅笔厂。到1926年，哈默生产的铅笔不仅满足了全国的需求，而且出口到土耳其、英国、中国等十几个国家，他也从中获得了百万美元的利润。

20世纪30年代，美国正处在经济萧条时期，所有企业家都在为保存自己的实力而努力，而哈默却在寻找新的机会。那时罗斯福正在竞选总统，哈默听说只要罗斯福登上总统宝座，1919年通过的禁酒令就会被废除，以便缓解全国民众对啤酒和威士忌的渴望。随着产酒高潮的到来，酒桶的需求量将会空前增加，而市场上却没有专门生产酒桶的企业。于是，哈默不失时机地从苏联订购了几船制桶的板木，在新泽西州建了一座现代化的酒桶制造厂。当禁酒令废除之日，哈默的酒桶正从生产线上滚滚而出，被各个酒厂抢购一空。接着，哈默又干上酿酒的生意，他生产的威士忌以其物美价廉而享誉美国。

哈默有一双善于发现机遇的眼睛，并且具有敢作敢为的勇气。对于每一个机会，他都不放过，不论有多么困难，存在多少风险，他都敢去实现。正因为如此，他才获得了巨大的成功。

犹太妈妈讲给孩子的话

犹太妈妈讲给孩子的话

有些时候，机遇就在眼前，我们并不是"对它视而不见"，只是在发现机遇的同时，我们也发现了很多困难。因此，我们停止了前进的脚步，缩回了伸向机遇的手，在犹豫不决中眼睁睁地看着机遇溜走。所以，我们要学习哈默这种敢想敢做的精神，一旦发现机遇，就要向着目标前进，不要轻易放过任何一个可以利用的机会。

李维斯的牛仔裤

李维斯是世界上第一个发明牛仔裤的人，他创立了著名的牛仔裤品牌"Levi's"。1979年，李维斯的公司在美国国内总销售额达13.39亿美元，国外销售盈利超过20亿美元，雄踞世界十大企业之列，李维斯由此成为牛仔裤大王。

1829年，李维斯出生于一个德国的小职员家庭。作为德籍犹太人，李维斯从小就很聪明。在顺顺利利地上完中学、大学后，李维斯同他的父辈一样，做了一名文员。

1850年，一则令人惊喜的消息为人们带来了无穷的希望和幻想——美国西部发现了大片金矿。于是，无数个想一夜致富的人如潮水一般涌向人迹罕至、荒凉萧条的西部。

李维斯当时二十多岁，他也蠢蠢欲动，犹太人天生的不安分之心让他不安于做一个安稳的小职员。李维斯渴望成功，于是他放弃了文员这个过于乏味的工作，加入到浩浩荡荡的淘金人流之中。

经过漫长的路程，李维斯来到了美国的旧金山，这时他才发现自己的莽撞，自己并不是第一个去淘金的人。曾经荒凉的西部现在到处都是淘金的人，到处都是帐篷。"这么多的人蜗居在一个个帐篷里，能实现发财梦吗？能满载而归吗？难道自己放弃安稳的工作来到这里，就这样无望地等待吗？"他陷入了深深的思考之中。

这么多的淘金者都停留在一个地方，生活在帐篷里，再加上这里离市中心很远，买东西十分不方便。李维斯看到那些淘金者为了买一点儿日用品不得不跑很远的路，自己也深有体会。于是他决定，不再做那个遥不可及的"淘金梦"，还是踏踏实实地定下心来，开一家日用品小商店，不再从土里淘金，而是从淘金人身上开始自己新的梦想。不出李维斯所料，日用品小商店的生意很不错，来光顾的人络绎不绝。很快，李维斯的成本赚回来了，还有了不少的利润。

有一天，李维斯乘船外出，采购了许多日用百货和一大批搭帐篷用的帆布。由于船上旅客很多，那些日用百货没等卸下船就被人们抢购一空，但帆布却没人理会。到码头卸完货后，李维斯就开始高声叫喊，推销他的帆布。由于淘金者们都已搭好了帐篷，谁也不会花钱费力再去搭第二个帐篷。

李维斯本来以为帐篷是人们的必需品，却没想到他的帆布竟然无人问津，因此非常沮丧。忽然，他见一位淘金工人迎面走来，并注视着帆布。他连忙高兴地迎上前去，热情地问道："您是不是想买些帆布搭帐篷？"

那工人摇摇头说："我不需要再搭一个帐篷，我需要的是像帐篷一样坚硬耐磨的裤子，你有吗？"

"裤子？为什么？"李维斯惊奇地问道。

那工人告诉李维斯，淘金的工作很艰苦，衣裤经常要与石头、砂土磨擦，棉布做的裤子不耐穿，没几天就磨破了。"如果用这些厚厚的帆布做成裤子，肯定又结实又耐磨，说不定会大受欢迎呢！"淘金工人的这番话提醒了李维斯。他想："反正这些帆布也卖不出去，何不试一试把它做成裤子呢？"于是，他灵机一动，用带来的帆布制成了一条样式新奇而又结实耐用的棕色工作裤，并向矿工们出售。

1853年，第一条日后被称为"牛仔裤"的帆布工装裤在李维斯手中诞生了，当时它被工人们叫作"Levi's"工装裤。

牛仔裤以其坚固、耐用获得了当时西部淘金者的喜爱，大量的订单纷至沓来。1853年底，李维斯正式成立了自己的牛仔裤公司，开始了这个著名品牌的漫漫长路。

犹太妈妈讲给孩子的话

李维斯是一个善于抓住机遇的人，同时又是一个做事果断的人。工人的一番话，使他发现了商机。于是他根据工人的建议，果断地将帆布改造成了牛仔裤，并向矿工们出售，效果非常好。由此，他扩大经营，开始创立了"Levi's"这个著名品牌。

孩子，机遇偏爱谁？它是为果敢且有智慧的人准备的。

劳埃德和他的美术馆

劳埃德是纽约的一个美术商。

1938年3月，劳埃德苛着60美元辗转到伦敦，并于1948年创建了一家美术馆。这家美术馆主要为英国显赫的家族出售其收藏的艺术珍品，后来经营现代派的绘画作品。

在短短的六年间，劳埃德便成为了最大的现代派美术作品出口代理商，他的买主还包括教皇保罗六世。劳埃德对美术作品兴趣不大，他只关心通过作品的买卖赚大钱。所以，他采取了纯商业化交易方式，其作品大部分都是代销的，他只在生意结束后收取佣金。

劳埃德的美术馆除了提供场地以外，还提供广告、推销、目录、邮寄、保险和运输等全套服务。所以，美术家们对劳埃德的服务是很满意的，他们的作品在这里不仅可以卖到高价，而且不管销售情况如何，美术馆会都给予他们稳定的生活津贴。基于这些原因，各国的画家都愿意与他来往。

1963年，著名画家罗斯科卖给该美术馆15幅作品，共14.76万美元，全部画款在四年内结清。到1969年，罗斯科的作品每幅上涨到2.1万美元。这时，劳埃德又与罗斯科签订了一份协议，商定以105万美元的价格出售87幅作品；同时他们商定，在以后的14年中，不管美术馆的经营状况如何，都由罗斯柴尔德银行每年向罗斯科支付10万美元的费用。为此，美术馆向该银行抵押了数量可观的财产。

作为回报，美术馆取得了罗斯科画作的独家代理资格。这种不顾艺术潮流和美术家创作状态变化的"赌注"，是极具风险的作法，而事实上协议执行不到一年，罗斯科就自杀身亡了，劳埃德一下子就陷入了罗斯科的子女对美术馆的诉讼中。然而，从劳埃德这种无所顾忌地将风险机制引入美术品市场的行为中，我们足以看出他的眼光和魄力，至少这一点是值得大家借鉴的。

犹太妈妈讲给孩子的话

决定有所作为就要抓住机会，就要冒风险，而不冒风险就可能失去机会。但是，承担风险不是不切实际地蛮干，在大胆、果断的行动背后必有深谋远虑，必有细心的筹划和安排。

卖望远镜的老板

1981年，英国王子查尔斯要与戴安娜在伦敦举行耗资10亿英镑、轰动全世界的婚礼。

消息一传开，伦敦城内及英国其他地方的很多工商企业都绞尽脑汁，想抓住这个千载难逢的发财机遇。他们有的在糖盒上印上王子和王妃的照片，有的在各式服装上印染王子和王妃结婚时的图案。但在诸多的经营者中，谁也没有比一位经营望远镜的老板赚得多。

这位老板想："人们最需要的东西就是最赚钱的东西，一定要找出在王室婚礼那天最需要的东西。"盛典之时，将有数以百万计的人来观看，有多半人由于距离太远而无法目睹王妃的尊容和典礼的盛况。这些人那时最需要的不是购买一枚纪念章或者一盒印有王子和王妃照片的糖，而是拥有一副能使他们看清楚景物的望远镜。于是，他突击生产了几十万副简易望远镜。

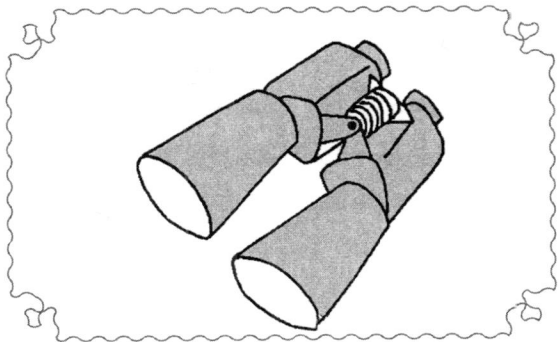

那一天，正当成千上万的人因距离太远而无法看清王妃的尊容和典礼的盛况而发愁的，就在他们急得毫无办法的时候，老板雇用的上千个卖望远镜的人出现在人群之中。他们高声喊道："卖望远镜了，一英镑一副。只需一英镑便可看清楚婚礼盛典！"

顷刻间，几十万副望远镜被抢购一空。不用说，这位老板发了笔大财！

犹太妈妈讲给孩子的话

机遇对任何人都是公平的，就看谁抓得准，抓得牢。其实，在这个故事中，众多的英国工商企业也不是没有去抓机遇，只是因为他们没有抓准，所以也就没有抓牢。事实上，那位生产简易望远镜的老板才是真正抓准、抓牢了机遇的人。

大冒险家洛克菲勒

洛克菲勒踏入社会后的第一份工作就是在一家名为"休威"的公司做书记员，这是他精于算计的良好开端。

在休威公司工作的第三年，洛克菲勒已经对中间商的生意门道掌握了十之八九，并且跃跃欲试。在这一年，他未经老板同意就自作主张，做起了经营小麦粉和火腿的生意。不久，可怕的饥荒在英国发生了，洛克菲勒的计划得以实施。

由于洛克菲勒的冒险行为，休威公司囤积在仓库里的食物被发往欧洲饥荒蔓延的地区，赚得了巨额利润。为此，洛克菲勒要求公司为他加薪，但是他遭到了老板的拒绝。于是，洛克菲勒决定辞掉这份工作，并创办了自己的公司。

1859年3月18日，在克利夫兰街32号，洛克菲勒与他人合伙经营的"谷物牧草经纪公司"开张了，当时洛克菲勒不过19岁。在这个公司里，洛克菲勒仍然主要干老本行。由于他的努力，公司一直处于赢利状态。

南北战争爆发以后，很多人忙着保命，但是洛克菲勒却密切地注视着战争形势的发展。他通过研究每一次的形势发展变化，都能够找到不同的商机，从而为自己找到发财的契机。

据说，洛克菲勒在墙上挂满了战况图。他不时用笔在内容丰富的墙上点点画画，或埋头记录着什么。洛克菲勒通过对战争形势的分析，使投机生意做得非常红火。

一般来说，要想挣钱，你就必须承担一定的风险。但是这个风险需要你做一个事前的风险评估，否则你的风险投资就真的变成了赌博。对风险的评估需要丰富的知识以及对现实状况的明确判断。所以，孩子，要抓住机遇，需要学习知识，并努力实践。

巴鲁克承包专列

巴鲁克是一名犹太实业家，二十多岁就已经成为人尽皆知的百万富翁。他的成功正是他善于发现并抓住机遇的结果。

和别的犹太商人一样，巴鲁克在创业伊始也历尽千辛万苦。巴鲁克拥有一双善于发现事物之间联系的眼睛，在常人看来那些风马牛不相及的事情，他却能发现它们之间存在的内在联系，并能从这种联系中找到发财的机会。

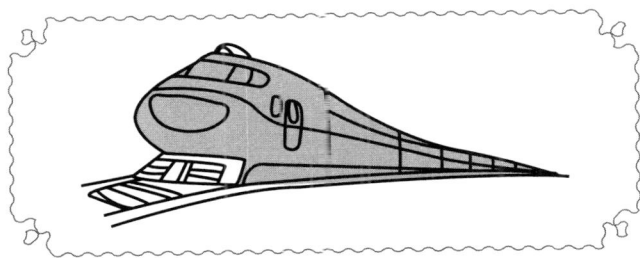

1899年夏天的一个晚上，他在家里忽然听到广播里传来消息——联邦政府的海军在圣地亚哥将西班牙舰队消灭，这意味着美西战争即将告一段落。

这天正好是7月3日星期天，第二天即7月4日，也就是星期一，一般而言，公共证券交易所在星期天不营业，但私人的交易所则依旧开业。巴鲁克马上意识到，如果他能在黎明前赶到自己的办公室，并大把买进股票，那么就能大赚一笔。

在19世纪末，当时唯一能跑长途的交通工具只有火车，但火车晚上因客流量太小不运行。巴鲁克只好在火车站承包了一列专车，火速赶到自己的办公室，做了几笔让人羡慕的生意。

就这样，在其他投资者还处于睡梦中时，巴鲁克想尽办法克服了眼前的困难，抓住了机遇，大赚了一笔。

犹太妈妈讲给孩子的话

孩子，这机遇并不是单单为巴鲁克准备的，只是很多人没有发现它而已，因此他们只能与大好良机擦肩而过。人们常说"机遇面前人人平等"，不要总是抱怨命运的不公，总觉得运气偏爱那些成功人士，其实不成功往往并不是缺少运气，而是缺少一双善于发现机遇的慧眼。

卖瓶胆的男孩

有一个男孩叫希尔兹，他在上学期间就学会了赚钱。

希尔兹上大学时，有一次在宿舍里，他不小心打破了一个热水瓶。瓶胆摔碎了，开水流了一地。热水瓶的外壳很漂亮，也很新，扔了非常可惜，于是他拿着空壳去找瓶胆。可是，校里校外没有一家商店卖瓶胆。于是，他转念一想："自己为何不能卖瓶胆呢？"

他马上开始市场调查。他首先在男生宿舍调查，得知一个学期结束，一间宿舍八个热水瓶只剩下两个是好的。而女生宿舍的调查结果让希尔兹更加高兴——一间宿舍八个热水瓶只剩下一个是好的。于是，希尔兹向一家商店订了50个瓶胆，然后在校园里贴出好几张海报。希尔兹在白天上完课后，就在餐厅门口摆摊，

晚上就在宿舍里卖瓶胆。当天，他就把50个瓶胆全部售出。

在剩下的两年大学时光里，希尔兹垄断了本市大中专院校的热水瓶瓶胆市场，生意一直很红火。希尔兹大学毕业时，当所有同学都忙于找工作，为将来的去向发愁时，他却非常淡定，依然做着自己的生意。

犹太妈妈讲给孩子的话

在调查的基础上把握商机，会让机遇牢牢地抓在手里。希尔兹通过调查发现了学校同学对热水瓶瓶胆的需求，最后生意越做越大。

从烟盒子里发现机遇

一个叫鲍克的美国青年，从小立志要创办一本杂志，自己当主编。因为他有这个目标，所以他无意中发现了一个在别人看来微不足道的机会。

一天，有一个人打于一包纸烟，从中抽出一张纸条，随即把它扔在地上。鲍克弯下腰，拾起这张纸条，上面印着一个著名女演员的图片，在这幅图片下面印有一句话——"这是一套图片中的一幅"。显然，这是烟草公司的一种营销手段，目的是提高香烟的销量。鲍克把这个纸片翻过来，发现它的背面竟然完全是空白的。

鲍克认识到这儿有一个机会，他想："如果把纸片充分利用起来，在它空白的那一面印上这些名星、演员的小传，这种照片的价值就会大大提高。于是，他找到这家烟草公司，向这个公司的经理推销他的建议。值得庆幸的是，他的建议最终被经理采纳了。

这就是鲍克最早的写作任务。之后，写名星小传的需求量与日俱增，以至于他需要请人帮忙。于是，他请求他的弟弟帮忙，并付给他每篇5美元的报酬。不久，鲍克还请了5名新闻记者帮忙写小传。鲍克竟然成了一个总策划者，最后他如愿以偿地当上了一家著名杂志的主编。

我们可想而知，如果鲍克没有当主编的志向，那么他绝对不会从纸烟盒子里找到机遇。

犹太妈妈讲给孩子的话

机遇只垂青有准备的人。孩子，当你有了明确的目标，知道自己想要什么，你就会变得敏锐。好的机会能帮助你成功地实现目标，但关键在于你是否有"心"。世上无难事，只怕有心人。孩子，学会做一个有心人吧！

想要自行车的小男孩儿

在美国海关的一次拍卖会上，拍卖的是一批刚刚截获的走私自行车。

每当拍卖师叫价的时候，总有一个坐在前排的大约十岁左右的小男孩儿会叫道："20元。"当然，他只能眼睁睁地看着别人用更多的价钱把一辆辆崭新、漂亮的自行车拍走。

小男孩儿叫价次数多了，拍卖师就注意到他了。中场休息时，拍卖师走到小男孩儿面前问："你为什么只出20元？"小男孩儿害羞地低着头说："我只有20元。"

拍卖会继续进行，小男孩儿仍然每次只叫"20元"，当然，他每次只能眼巴巴地看着别人把一辆辆自行车推走。终于还剩最后一辆自行车了，这是拍卖会上最好的一辆自行车。

拍卖师开始叫价了，不过这回全场没有一人应价，现场静悄悄的。拍卖

师叫第二遍了，还是没人立价。当拍卖师叫第三遍时，那个小男孩儿也几乎绝望了。他望着那辆全场最好看的自行车最终还是大声地叫了出来——"20元"。

全场的人都听到了，拍卖师把锤子重重地敲了下去，大声地说："如果没人再叫价的话，这辆变速自行车就属于这位小朋友了。"

全场顿时响起了雷鸣般的掌声……

犹太妈妈讲给孩子的话

孩子，假如你是那个小男孩，你敢举起手来吗？做任何一件事情，都有成功和失败两种可能，许多事情很难区分成败可能性的大小。孩子，你为什么不肯试试，万一成功了呢？即便失败了也没关系，至少，你拥有了超人的胆识。

渡边正雄投资土地

"大都不动产公司"坐落在日本东京，这家公司是渡边正雄45岁那年才创立的。

在创立之初，这家公司只拥有一个20平方米的平房，小到不能再小了。

不久，有人建议渡边正雄扩大他的公司，向他推销土地："那地方有几百万平方米，价钱非常便宜，每平方米只卖60日元。"

在这之前，几乎所有的不动产业者都看过这块山间土地，但却无人购买，因为那地方人烟稀少，道路不通，连自来水都没有，更别提电气等公共设施了，人们都认为它毫无价值可言。可渡边有兴趣，因为他知道，那地方与天皇御用地相邻，可以与天皇做邻居。并且，城市现在已是人齐人了，回归大自然将是不可逆转的潮流。

渡边正雄不假思索地拿出他所有的钱，又借了大笔外债，才全部买下了这块土地。签约之后，同行们都笑话他："这个傻瓜，简直无可救药！"

渡边正雄对这些嘲笑的话充耳不闻，他把土地细分为道路、公园、农园和建筑用地，准备先盖100幢别墅和大型的出租民房。然后，他就开始大做广告，出售别墅和农园用地。他的广告宣传力度大，特别生动，描述了那地方的青山绿水、蓝天白云，这和都市人厌恶噪声和污染，向往大自然的心理相投合。

广告发布后不久，刚盖出的这些房子即被抢购一空。不到一年时间，就卖出了几百万平方米的土地，渡边正雄净赚了约20亿日元，而且剩下的30多万平方米的土地已增值了数倍。如果渡边正雄当时考虑过多，赚大钱的机会也就轮不到他了。

犹太妈妈讲给孩子的话

渡边正雄为什么能够成功？绝不是因为他有未卜先知的能力，而是因为他有独立的性格、果断的处事方式。他善于抓住机会，在意识到这是一块值得开发的土地的时候，立即去行动。孩子，很多事情考虑得太多，计划得太久，反而会让你失去更多。因此，在你下定决心之后，你就应该马上去行动。

第 **5** 章

诚信，
是积累财富的根基

犹太商人素有"世界第一商人"的美誉，他们的成功离不开他们特有的精神，他们的诚信和契约精神更是有口皆碑。《塔木德》中提到："遵守契约，尊重契约，你获得的将不只是尊重。"他们诚信经营，认真履行契约，不贪图小便宜，不靠欺诈发财，从而积累了巨额财富，并在全世界树立了良好的形象。

诚信是做人的基本原则，也是积累财富的根基。

讲诚信的安塞姆

安塞姆是一位非常讲诚信的犹太人。

18世纪末，安塞姆生活在法兰克福著名的犹太街上，大量的犹太人就是在那里遭到迫害的。尽管关押他们的房门已经被推倒了，但那时，犹太人仍然被迫在规定时间回家，否则将被处死。他们过着卑微而屈辱的生活，生命的尊严遭到了严重的践踏。

即使是在这样恶劣的环境之下，作为一名犹太人，安塞姆仍然诚实守信。他在一个不起眼的角落挂了一块红色的牌子，就这样，他创建了自己的事务所。他在这里做的是借贷生意，这是他所创办的大型银行的前身。

当时，威廉在赫斯卡塞尔地区经营着庞大的生意，当拿破仑把威廉从威廉自己的地产上赶走的时候，威廉还带着500万银币。由于情况特殊，威廉就把这笔钱交给了安塞姆。

在当时，侵略者随时都有可能把这笔钱没收。但是，安塞姆把钱埋在后花园里，等敌人撤退后，他又以合适的利率把它们贷了出去。就这样，当威廉返回时，安塞姆让大儿子把这笔钱连本带息还给了威廉，其中还附了一张账目明细表，详细说明了这笔资金的运转情况，这令威廉不得不佩服。

安塞姆的后人世世代代都经营着安塞母的事业，在这么多年里，不管在生活中还是事业上，他们没有一个人在"诚信"上抹过黑。

犹太妈妈讲给孩子的话

这个故事告诉我们，在积累财富时，我们不能丢掉诚信。诚信的力量是巨大的，只要你拥有了它，你就拥有了一笔宝贵的无形资产，它甚至比有形的资产更加珍贵。

讨债秘方

迈克是个服装商，他向犹太布商克罗扬批发了1500美元的布料，却一直没付钱。克罗扬叫伙计去要了几次账，迈克每次都找借口溜掉，避而不见；克罗扬给他寄催款单，迈克又不理不睬。为此，克罗扬束手无策，连声叹气。

这时，一个新来的店员对克罗扬说："我这儿有一个讨债秘方，您不妨先写一封催款信给迈克，叫他尽快归还2000美元的债，瞧瞧他有什么反应，之后再做打算。"

克罗扬采纳了这位店员的建议，给迈克写了一封信。果然，才过两天，迈克就回信了，信中说："克罗扬，我只欠你1500美元，你怎么讹我2000美元？随信附上1500美元，我以后再也不来你这儿批货了。要打官司吗？你准输！"

店员的这个讨债秘方实际上是一个相当巧妙的以攻为守的攻心术。本来克罗扬确实处于纯粹的守势，主动权一点儿都不在他手上，迈克只要避而不见，克罗扬就拿他毫无办法，总不能为1500美元去打官司吧。

但反过来，从迈克避而不见这件事上可以看出，他对这笔债务还是承认的，只是想拖着不还，而不是彻底赖账。这就使店员的"讹诈之计"有了基础。

本来，打算拖欠1500美元不还的迈克可以高枕无忧，让克罗扬一个人着急，要打官司也可以先让他忙乎，大不了到时候还给他，并没有额外的损失。而现在1500美元突然变成了2000美元，这就由不得迈克不出来辩解了。因为如果他仍然像之前那样对催款单置之不理，那就意味着他默认了克罗扬开出的催款单。次数多了，日后真打官司起来，他再要证明只拖欠1500美元就麻烦得多了。他原先想着如何占别人的便宜，现在又岂能让别人占了自己的便宜呢？迈克不能不说个清楚，可这样一来，处于主动地位的迈克变得被动了，他也就不能再避而不见了。只要他一出面，1500美元自然也就露面了。

犹太妈妈讲给孩子的话

诚实守信是做人之本，但是对待不讲信用的人，方式是可以变通的。故事中的迈克，欠别人的钱拖着不还，是一个典型的不讲诚信之人。当他遇到聪明的人时，迈克只能乖乖还钱了。

奥斯曼的信誉

1940年，奥斯曼以优异的成绩毕业于开罗大学，获得了工学学士学位，并重新回到了伊斯梅利亚城。这位贫穷的大学毕业生想自谋出路，于是当了一名建筑承包商。然而，在同行的商人们看来，这简直是白日做梦。奥斯曼也陷入窘境，他对自己说："我虽身无分文，但我立志于建筑事业。为了这个目标，我可以委曲求全，从零开始。"

奥斯曼的舅舅也是一名建筑承包商，他曾经开导奥斯曼："要有自己的思想，不要人云亦云。"奥斯曼为了筹集资金，积累承包业务经验，巩固大学所学的知识，便到舅舅的承包公司里当帮手。

在工作中，奥斯曼特别注意积累工作经验，努力了解施工过程中的各个细节，掌握提高工效、节省材料的方法。奥斯曼经过一年多的实践后，收获不小，但也有不少感慨："舅舅是一个缺乏资金的建筑承包商。他的公司设备陈旧，技术落后，无力与欧洲的承包公司竞争。我必须拥有自己的公司，并成为一名有知识、有技术、能与欧洲人竞争的承包商。"

1942年，奥斯曼离开舅舅，开始着手实现自己成为建筑承包商的梦想，他手里仅有180英镑，却筹建了自己的建筑承包公司。

奥斯曼相信事在人为，人要改变环境，不能成为环境的奴隶。他根据所获得的工作经验，确立了自己的经营原则——"谋事以诚、平等相待、信誉为重"。创业初期，奥斯曼不管业务大小、盈利多少，都积极争取。他第一次承包的是一个极小的项目——为一个杂货店老板设计铺面，合同金额只有30英镑。然而，他没有拒绝这笔微不足道的买卖，仍是费尽心思，毫不马虎。他设计的铺面满足了杂货店老板的所有需求，杂货店老板逢人便称赞奥斯曼的才干，于是奥斯曼的信誉日益上升。奥斯曼慢慢地得到了顾客的信任，他的承包业务也随之不断增加。

1952年，英国殖民者为了镇压埃及人民的抗英斗争，出动飞机轰炸了苏伊士运河沿岸的村庄，导致村民流离失所。奥斯曼的承包公司开始了为村民重建家园的工作，公司在两个月时间内为一百六十多户村民重建了房屋，并获利54万美元。

从20世纪50年代开始，海湾地区的石油资源被大量开发，各国统治者相继加快了本国的建设步伐。他们需要扩建宫廷，建造兵营，修筑公路……这给奥斯曼创造了机会，他以创业者的远见，率领自己的公司成员开进了海湾地区。他面见沙特国王，陈述了自己的意图，并向国王保证，他将以"低投标、高质量、讲信誉"的原则来承包工程，沙特国王答应了奥斯曼的请求。后来工程完工时，奥斯曼请来沙特国王主持仪式，沙特国王对此极为满意。

俗语有云，"人先信而后求能"。奥斯曼"讲求信誉、保证质量"的经营原则，使他的影响力不断扩大。随后几年，奥斯曼在科威特、约旦、苏丹、利比亚等国创建了自己的分公司，成为了享誉中东地区的建筑承包商。

奥斯曼的做法，在一定情况下会使自己吃亏。但在这种情况下，吃亏毕竟是暂时的。所谓"有亏必有盈"，偶尔的吃亏或经济利益受损，却会给自己长远的事业带来积极的影响。

1960年，奥斯曼承包了世界上著名的阿斯旺高坝工程。由于存在地质构造复杂、气温高、机械老化等不利因素，修建阿斯旺高坝困难重重。从所获利润来说，承包阿斯旺高坝工程还不如在国外承包一座大楼。奥斯曼为了国家和人民的利益，克服了一切困难，顺利地完成了阿斯旺高坝工程第一期工程。然而，随后却发生了一件令奥斯曼意料不到的事情，让他吃了大亏。

纳赛尔总统于1961年宣布国有化法令，私人大企业要被收归国有，奥斯曼的公司在劫难逃。奥斯曼的公司国有化后，每年只能收取利润的4%作为回报，奥斯曼本人的年薪仅为35万美元。这对奥斯曼而言是一次沉重的打击。然而，奥斯曼没有忘记自己的承诺，他委曲求全，继续修建阿斯旺高坝。

纳赛尔总统看到了奥斯曼对阿斯旺高坝工程所作的卓越贡献，于1964年授予奥斯曼一级勋章。奥斯曼保全了自己的形象，同时也坚持了自己的处事原则。事后证明，奥斯曼并没有白白吃亏。1970年萨达特执政后，国家发还了被国有化的私人资本。奥斯曼及其公司的影响日益扩大，还参加了埃及许多大工程的项目承建工作。奥斯曼本人也成为驰名中东的亿万富翁。

犹太妈妈讲给孩子的话

"有亏必有盈"，奥斯曼的故事告诉我们这样一个道理：很多时候，坚守诚信的人或许吃了一些亏，蒙受了一些损失，但这样的"亏损"更衬托出了他的诚信品质，为他在今后的事业中赢得更多的机遇。

渡船的人

有一个年轻人跋涉在漫长的人生路上，当他到了一个渡口的时候，他已经拥有了"健康""美貌""诚信""机敏""才学""金钱""荣誉"等七个背囊。年轻人出发时湖面风平浪静，说不清过了多久，湖面风起浪涌，小船上下颠簸，险象环生。艄公说："小伙子，小船负载重，你必须丢弃一个背囊，方可渡过难关。"看到年轻人哪一个背囊都不舍得丢，艄公又说："有弃有取，有失有得。"年轻人思索了一会儿，把"诚信"这个背囊抛进了水里。

艄公凭着娴熟的技术将年轻人送到了岸上，艄公淡淡地说："年轻人，我跟你来个约定：当你不得意时，你就回来找我。"年轻人随意地回应了一声，却不以为然。他以为，有了身上的六个背囊，他是不会有不得意的那一天的。

不久，年轻人就靠"金钱"和"才学"拥有了自己的事业。他凭着"荣誉"和"机敏"，驰骋商界，纵横无敌；"健康"和"美貌"更是令他春风得意，也让他娶到了如花美妻。他逐渐忘记了与艄公的约定，忘记了被抛弃的"诚信"。

已到中年的他，无数次在梦里惊醒，但这次却被电话铃声叫醒，电话那头传来惊恐的声音："老大，我们这边现在不能动手，请指示。"

他似乎也开始慌张失措，命令道："无论什么原因，都必须按原计划进行！"

他也不知怎么挂的电话，多年来，他欺骗了所有的人，包括他的对手和亲人。他多次将商品以次充好，他承包的建筑全是豆腐渣工程；他劝说身边所有的人投资于他，却把资金用于贩卖毒品；他出入高楼大厦，花天酒地，热衷于夜生活，他的健康和美貌也随之悄然飞逝；他一掷千金，豪赌无度；他背叛妻子，把对婚姻的忠诚抛之脑后……

这所有的一切都是因为他没有诚信！因为没有诚信，他失去了荣誉、金钱以及事业和爱情。这时，他才想起了艄公的话。当他从监狱里出来后，第一件事就是直奔渡口。当年与他约定的艄公早已不在，只有一条小船停在岸边。而这时的他也已到了垂暮之年……

从此，这个渡口多了一个老艄公，无人上船的时候，人们总能看到他独自在风浪中，似乎在寻找着什么。

犹太妈妈讲给孩子的话

人生是一场漫长的旅行，你可以丢掉很多东西，但不能丢掉诚信。正如故事中的那个年轻人，他再有钱、再聪明，如果没有诚信，最后还是失去了一切，到头来后悔莫及。

国王选税官

很久以前，有一个国王想找一个最诚实的人当税官，为他掌管银库，谋士们纷纷出谋献策。

有一个谋士对国王说："陛下，等那些应征者来到宫内，您只要按我说的方法去办，您就能从中寻觅到最诚实的人。"国王听了谋士奉上的策略后赞不绝口。

天一亮，所有应征者都被唤至王宫，应征者看到金碧辉煌的宫殿都非常吃惊，他们对税官这份美差早已垂涎三尺。可国王怎么考查他们呢？大家都猜不透。

谋士要他们从走廊单独走过去见国王。走廊里灯光暗淡，似乎什么也看不见。所有的应征者都顺利地走过走廊，来到了国王面前。

国王说："来吧，先生们，拉起手来跳个舞。我想看看你们这些人中谁的舞跳得最好。"

在半圆形的宫殿上空，吊着一盏由许多小彩灯组成的大圆灯，灯光配合着闪光的地板和低低垂下的帷幔，给人昏昏欲睡的感觉。当音乐慢慢地响起时，绝大多数应征者顿时傻了眼，脸色渐渐由白变红，羞愧难堪。就在这时，只有一名应征者随着轻柔的音乐跳起了舞，显得那么自由，那么轻盈。

那个聪明的谋士指着正沉醉在舞蹈中的那个人说："陛下，这就是您要找的诚实的人。"

原来，谋士在光线暗淡的走廊上放了好几筐金币，凡是单独穿过走廊在自己衣袋中装有金币的人，都不敢跳舞。如果他们一跳舞，衣袋中的金币就会叮当作响。因此，不敢跳舞的人必定不是诚实的人。只有诚实的人从黑暗的走廊中走过时，才不会顺手牵羊，拿那些值钱的东西装进口袋里。

国王走下宝座，拉着那个诚实的人的手，高兴地说："你诚实本分，不为金钱所动，值得信赖，这个职位就是你的了。"

犹太妈妈讲给孩子的话

孩子，在很多时候我们会面临类似的抉择，这时候应该怎样做呢？是坚持诚实守信，还是贪图一时利益？是得到他人永远的尊重，还是最终成为他人的笑柄？财富很重要，但它可以通过正当的手段获得。一旦丢了信用，一切都会丧失。所以，世界上最可靠的人是最守信的人，只有他们才经得起任何考验。

诚信实验

一位研究经济学的教授要汤尼帮忙找15家商店做诚信实验，具体操作就是：汤尼在不同的商店各买一次东西，每一次买东西时都付两次钱，看有多少人会拒绝第二次付款。

汤尼先走进一家服装店，给孩子买了一件20元的衬衣。他付过钱出来后，一会儿又进去对店主说："对不起，刚才我买衣服好像忘了给钱。"

店主是一个中年妇女，长得慈眉善目，看样子应该是一个诚实的人。汤尼等着她说"你已经付过钱了"，可是她只是看看汤尼，不说话。

汤尼把手里的衬衣举到店主的面前说："你看，我买的就是这件衬衣。你开价30元，我说15元行不行，你说再加点吧，20元才卖，我说20元就20元……"汤尼故意仔细地描述当时买衣服的情景，给店主更多的时间和机会。可是这位妇女却不耐烦地打断汤尼的话说："行，快交钱吧。"汤尼只好乖乖地又一次把20元钱给了她。

汤尼一连试了14个店主，竟然没有一个人拒绝第二次付款。态度最好的那个，也只是淡淡地说"你真是个好人"，那神情不知道是赞扬，还是嘲笑。

只剩最后一家商店了，汤尼想找个熟人试试。大街对面就有一家卖饮料的小店，它是汤尼高中时的一位同学开的，老同学和她的儿子正坐在店里。

汤尼穿过大街，走进老同学的饮料店，买了一瓶矿泉水就出来了。

几分钟后，汤尼再进去对老同学说道："哎呀，老同学，我刚才买矿泉水好像忘了给钱了。"

老同学说："算我送给你喝的吧。"

汤尼要把试验进行到底，就说："那怎么行？"他掏出两元钱递过去，老同学竟然伸手来接。汤尼真不想松手，因为一松手，老同学在汤尼心里的形象就矮小了许多。

就在那张纸币一半在汤尼的手里，一半在老同学的手里时，老同学的儿子说："妈妈，叔叔不是给过钱了吗？那钱还在你的手里呢！"老同学的另一只手上，确实握着汤尼刚刚给过的两元钱。

老同学非常尴尬，不得不松开手。汤尼很后悔用熟人来做试验，也尴尬地走出了那家饮料店。他刚走到街上，就听到那个诚实的小男孩在店里放声大哭，一定是他的妈妈教训了他。

犹太妈妈讲给孩子的话

安徒生的童话《皇帝的新装》里面那个讲出了真话的孩子，和这个故事中说了实话的孩子一样，都是值得尊敬的。故事中的15个店主还不如一个纯真的孩子，不能不让人深思。诚信就是一块试金石。

讲信用的托马斯

托马斯是个生意人，有一次因为未能及时收回外债，资金周转出了问题，他便向友人借了40万美元。他既没有财产可作担保，又没有存单可供抵押，只给友人留下一句话："相信我，今年年底无论如何我都会还给你。"

转眼之间就到了年底。托马斯的资金周转状况依然没有得到好转，不仅外债没能收回来，而且还款时间又临近。为了还朋友这40万美元，他绞尽脑汁才筹到20万美元，余下约20万美元让他一筹莫展。

老婆看到他眉头紧锁，心疼地劝他向朋友求情，宽限两个月，托马斯却坚定地摇头。公司里的"高参"给他出主意说："反正你的朋友也不急于用钱，不如先还20万美元现金，其余的开一张空头支票，等账户上有钱了再支付给他。"托马斯勃然大怒，呵斥这位"高参"是不讲信用的人，并毫不犹豫地辞退了他。

最后托马斯决定用自家的房产作为抵押去银行贷款，但银行工作人员经过评估后认为，房产价值24万美元，只能按18万美元进行抵押。托马斯横下一条心，与老婆郑重商量后，把房产以20万美元的低价卖了出去，最后终于筹齐了40万美元。他们一家人到郊区租了一间平房居住。

朋友如期收回了借款。

星期天，朋友准备约一帮人到托马斯家去玩，却被他委婉地拒绝了。朋友不明白平日热情如火的托马斯为什么突然变得如此"小气"，便驱车想去问个究竟。

当朋友费尽周折才在一间平房里找到托马斯时，他的眼睛湿润了。他紧紧地拥抱着托马斯，一个劲儿地点头。临别时，他郑重地留下一句话："以后有困难尽管找我！"

第二年，托马斯的外债陆续收回，生意逐渐步入正轨，他又买了新房，添了新车。

然而，充满竞争的生意场总是弥漫着你争我夺的火药味，正当托马斯在生意场上大展拳脚时，他却被一家跨国公司盯上了。那家公司千方百计地抢占市场，并联合其他公司骗取他的货款。托马斯最终没能抵挡住那家公司的冲击而垮了下来，车子卖了，房子抵押了。

他破产了，不仅一无所有，而且负债累累。

托马斯想重新振作起来，但是身无分文。他想贷款，却没有担保人和抵押物。在走投无路的时候，他又想起那位曾经借钱给他的朋友，他抱着试一试的心理找到了那位朋友。朋友不仅没有嫌弃他，而且不顾家人的反对毅然决定再借给他40万美元。他拿着那张40万美元的支票，坚定地说："最多两年，我一定还你！"

曾经失败过的托马斯再到商海里搏击，自然会小心谨慎，遇乱不惊。经过再一次努力，他最后成功了。两年后，他不仅还清了债务，而且还赚了一大笔钱。

每当有人问他靠什么起死回生时，他便会郑重地告诉对方："是信用！"

犹太妈妈讲给孩子的话

托马斯的故事说明了这样一个道理：要赢得他人的信任，不能光说不做，而要身体力行，一点一滴地去积累信用。确实，信用本身就是一笔财富，它是一笔无形资产。丢弃了信用的人，不但丢弃了人格，而且丢弃了赚取财富的门路。因为，失去信用，就等于失去了谈生意的筹码。

买酒少年

早年，尼泊尔的喜马拉雅山南麓很少有外国人涉足。可是后来，有许多外国人到这里观光旅游，据说这是源于一位讲诚信的少年。

很久以前，有几位欧洲摄影师到当地去拍摄风光。由于对当地的地理环境不熟，他们请了当地一位少年代买几瓶啤酒。这位少年跑了三个多小时之后才回来，带回了他们要的酒。

没过几天，那个少年又自告奋勇地再替他们买酒。这次摄影师们给了他很多钱，但直到第三天下午那个少年仍然没有回来。于是，摄影师们议论纷纷，都认为那个少年把钱骗走了。

第三天夜里，那个少年敲开了摄影师们的门。原来，他在原来买酒的地方只购得四瓶啤酒。于是，他又翻了一座山、趟过一条河才购得另外六瓶。可是那个少年在返回时不小心摔坏了三瓶。他一手拿着碎玻璃片，一手拿着找回的零钱交给摄影师，并用自己的钱弥补了被打碎的三瓶酒的损失。

这件事使在场的所有人深受感动。摄影师们回国之后，纷纷告诉身边的朋友：在那里，最美的风光就是人们纯朴、正直的心灵。于是，越来越多的人希望亲自到这里看看，接受一下心灵的洗礼。

犹太妈妈讲给孩子的话

孩子，你要明白，不要随意承诺，要在自身条件和能力许可的情况下才承诺做某一件事。你一旦承诺他人，那就要做到言而有信。无论遇到什么困难，都要坚持履行自己的诺言，这才是诚实的人该做的事，这才是讲诚信的人该有的表现。

凯瑟琳揭露"水门事件"

凯瑟琳是一位具有犹太血统的女人，她出身名门，但性格有些软弱，并且处事缺乏经验。可是，1963年她的丈夫意外身亡，她不得不接替丈夫，管理他们家族创办的报纸——《华盛顿邮报》。

一开始，凯瑟琳没有信心，不知怎么做才好。后来一位朋友告诉她："你应该每天阅读自己报社办的报纸，这样可以增强自己的信心。"她按朋友说的去做，每天早晨的第一件事就是阅读自己报社办的报纸。几天以后，她发现《华盛顿邮报》并不是一份最好的报纸，这份报纸有支持政府的传统，经常有一些吹捧政府官员的报道。于是，她就找来一些工作在第一线的记者和编辑，征求他们的意见，以便改进该报的办报风格。

报纸经过改进以后，成了一份客观、公正的报纸，许多其他报纸不敢公开的事情，《华盛顿邮报》都敢报道，因此报纸的销量大增。

1972年，《华盛顿邮报》的两名记者得知，美国总统尼克松在参加总统竞选时，使用不正当手段，派人在水门大厦的民主党全国委员会办公室安装窃听器，并偷拍有关文件，这就是美国历史上有名的"水门事件"。这是当局政府的丑闻，如果揭露了这件事，说不定会被关进监狱，报纸也会被查封。可是凯瑟琳认为，新闻应该把"真实"作为第一原则，既然有这样的事情，就应该如实报道。不久，"水门事件"第一次在《华盛顿邮报》上被批露。

当时尼克松正准备参加总统连任竞选，凯瑟琳因此也接到过警告：如果尼克松竞选成功，将对《华盛顿邮报》进行特别报复。朋友提醒凯瑟琳，如果不马上停止对这件事的调查和报道，她就会有很大的危险。可是凯瑟林坚持认为，正义一定会战胜邪恶，公正的报道一定会得到人们的认可。于是，她顶着各方面的压力，一面派记者继续调查"水门事件"，一面在《华盛顿邮报》上连续报道。

经过两年多时间的努力，"水门事件"终于真相大白，尼克松总统成了新闻媒体指责的对象。1974年8月9日，尼克松向全国发表广播电视讲话，宣布辞去总统职务。

对"水门事件"的真实报道，使《华盛顿邮报》成为全世界知名的报纸，它被列为全世界九大报之一，被认为是诚实的新闻楷模。凯瑟琳因此被评为"世界十大女杰"之一。

犹太妈妈讲给孩子的话

尽管面临威胁和恐吓，但凯瑟琳的真实报道得到了全美人民的尊重和认可，她因此被评为"世界十大女杰"之一。孩子，要做一个诚实的人并不容易，我们会遇到很多困难，但从长远看，诚实是我们一生最值得坚守的优秀品质之一。

"梅尔多"铁锤

在美国纽约，有一家妇孺皆知的"梅尔多公司"。这家公司是靠制造"梅尔多"牌铁锤起家的，它的起家时间很长，但过程却非常简单。

"请给我做一把最好的锤子，做出你能做得最好的那种。"多年前，在纽约的一座村庄，一个木匠对一个铁匠说，"我是从外地来的，在这里做一个木工，我的工具在路上丢失了。"

"我做的每一把锤子都是特别好的，我保证。"铁匠戴维·梅尔多非常自信地说，"但你会出那么高的价钱吗？"

"会的。"木匠说，"我需要一把好锤子。"

铁匠最后交给他的，确实是一把很好的锤子，也许从来就没有一把锤子比这个更好了。尤其值得称道的是，锤子的柄孔比一般的要深，锤柄深深地楔入锤孔中，这样，在使用时锤头就不会轻易脱柄。

木匠对这个锤子十分满意，并向他的同伴"炫耀"他的新工具。第二天，他的同伴都跑到铁匠铺，每个人都要订制一把一模一样的锤子。

这些锤子被工头看见了，于是他也来给自己订了两把，而且要求比前面订制的都好。"这我可做不到，"梅尔多说，"我打制每把锤子的时候，都是尽可能地把它做到最好，我不会在意谁是主顾。"

一个五金店的老板听说了此事，一下就订了24把锤子。这么大的订单，梅尔多以前从来没有接到过。

不久，纽约城里的一个商人经过这座村庄，偶然看见了梅尔多为五金店老板订制的锤子，把它们全部买走了，并且留下了一个长期合作订单。

在漫长的工作过程中，梅尔多总是在想办法改进铁锤的每一个细节。尽管这些锤子在交货时没有什么"合格"或"优质"的标签，但人们只要在锤子上见到"梅尔多"三个字，就会毫不犹豫地买下它。

就这样，在一个不起眼的乡村小镇诞生的小铁锤，慢慢成了美国乃至全世界的名牌产品，而梅尔多本人也凭着这些质量过硬的产品，最终成为了大富翁。

犹太妈妈讲给孩子的话

孩子，你能做到始终如一地把一件事情做到极致吗？在全力以赴发挥自己能力的过程中，你不必在意别人有没有注意到你，也不必计较你做的这些事会不会得到回报。你的一切诚信行为，都会为你赢得口碑。

做一个诚实的人

墨西哥前总统福克斯因诚实守信的品德而受到国人的尊重，他一生做人的原则就是两个字——诚实。正是这样的品质，使他从一个普通的推销员最终成为一个国家的总统。

一次，福克斯受邀到一所大学演讲，一个学生问他："政坛历来充满欺诈，在你从政的经历中有没有撒过谎？"

福克斯说："不，从来没有。"

大学生们在下面窃窃私语，有的还轻声笑了出来，因为每一个政客都会有这样表白。他们总是发誓，说自己从来没有撒过谎。

福克斯并不气恼，他对大学生们说："孩子们，在这个社会上，也许我很难证明自己是个诚实的人，但是你们应该相信，这个世界上还是有很多诚实的人存在。我想讲一个故事，也许你们听过就忘了，但是这个故事对我却很有意义。"

接下来，福克斯开始给大学生们讲了那个故事：

有一位父亲是一个农场主，有一天，他觉得园中的那座亭子太破旧了，就安排工人们准备将它拆掉。他的儿子对拆亭子这件事很感兴趣，于是对父亲说："爸爸，我想看看你们是怎么拆掉这座亭子的，等我从寄宿学校回来你们再拆好吗？"

父亲答应了。可是，等孩子走后，工人们很快就把亭子拆掉了。

孩子从学校回来后，发现旧亭子已经不见了。他闷闷不乐地对父亲说："爸爸，你对我撒谎了。"

父亲惊讶地看着孩子，孩子继续说："你说过的，那座旧亭子要等我回来再拆的。"

父亲说："孩子，爸爸错了，我应该兑现自己的诺言。"

这位父亲重新召来工人，让他们按照旧亭子的模样在原来的地方再造一座亭子。亭子造好后，他将孩子叫来，然后对工人们说："现在，请你们把它拆掉。"

福克斯最后说："我认识这位父亲，他并不富有，但是他却在孩子面前兑现了自己的承诺。"

大学生们听后问道："请问这位父亲叫什么名字？我们希望认识他。"

福克斯说："他已经过世了，但是他的儿子还活着。"

"那么，他的孩子在哪里？他应该也是一位诚实的人吧。"大学生们接着问道。

福克斯平静地说："他的孩子现在就站在这里，就是我——福克斯。"

福克斯接着说："我想告诉大家的是，我愿意像父亲对我一样对待这个国家，对待这个国家的每一个人。"

此时，台下掌声雷动。

犹太妈妈讲给孩子的话

在园子里重新拆掉一座亭子，却在孩子的心里重建了一座亭子，这座亭子就是一个信念——要做诚实的人。孩子，如果你希望得到更多人的支持与尊重，那么就做一个诚实的人吧！

有毒的食品添加剂

美国亨利食品公司的总经理霍金斯从商品化验报告单上发现，他们生产的起保鲜作用的食品添加剂有毒。这种添加剂尽管毒性不大，但长期食用对人体有害。他知道，其他的食品公司也在使用这种添加剂。

霍金斯想，如果从维护公众利益的角度出发把此事公布于众，一定会引起同行们的强烈抗议。他们也一定会联合起来对付他，公司也会因此遭受很大的损失。但是，在与这些同行的竞争中，他的知名度也会大大提高，同时还会得到公众的支持，而这有利于公司的长远发展。

于是，霍金斯在新闻发布会上毅然向公众宣布这种食品添加剂有毒，对人体有害。公众为之震惊，同时也纷纷称赞他的诚实和勇气。可是，他的这一举动却得罪了从事食品行业的老板们，他们联合起来，利用一切手段攻击霍金斯。他们指责霍金斯别有用心，想破坏别人的生意。他们共同抵制该公司的产品，使得该公司走到了濒临破产的边缘。

值得庆幸的是，就在霍金斯快要倾家荡产时，他的名声却家喻户晓，他也得到了政府和社会的支持。该公司的产品很快成了人们用得最放心的热门货，供不应求。没多久，该公司恢复了元气，经营规模比以前还扩大了两倍。后来，这个公司还逐渐发展成为了美国食品行业中的领先企业。

犹太妈妈讲给孩子的话

在诚实和利益之间，霍金斯选择了诚实，让许多人免受食品添加剂的毒害。尽管他的公司因此差点倒闭，但人们相信，霍金斯是一个诚实的人。于是在大家的支持下，公司又起死回生。孩子，选择诚实还是利益，相信你的心中已有了答案吧！

苏珊还钱

在农场主汤普森的小店里有很多寄宿的人，苏珊的妈妈每周都要给他们代洗衣物，报酬仅20美元。一个周六的晚上，苏珊像往常一样去那儿替妈妈领钱，她在马厩里遇到了这位农场主。当苏珊向他要钱时，他马上将钞票递给了她。

苏珊暗自高兴，急忙走出马厩。她到了路上，停了下来，拿别针将钱小心翼翼地别在了围巾的褶皱里。这时，她发现汤普森给了她两张钞票，而不是一张。她往四周望了望，发现附近没有人看到她。她的第一反应是：因得到了这笔飞来的横财而兴奋不已。

"这全是我的了。"她心想，"我要买一件新的斗篷送给妈妈，妈妈就能把她那件旧的斗篷给玛丽姐姐了；这样，明年冬天玛丽姐姐就能同我一块儿去上学了，说不定还可以给弟弟汤姆买双新鞋呢。"

过了一会儿她又认为，这笔钱一定是汤普森在给她时拿错了，她没有权利使用它。正当她这样想时，一个充满诱惑的声音响了起来："这是他给你的，你又怎么知道他不是想要把它作为礼物送给你呢？拿去吧，这也许就是上天的旨意。就算是他弄错了，他那大钱包里还有那么多张钞票，他不会注意到的。"

她一边往家走，一边进行着激烈的思想斗争。她一路上都在想："是把这笔钱花掉重要呢，还是诚实重要？"

当经过家门前那座小桥时，她想到了妈妈平时的教诲："你想要人家怎样对你，你就要怎样对待人家。"

苏珊忽然醒悟，猛地转过身，向回跑去。她跑得飞快，快得让她差点连气都喘不过来了，仿佛是在逃离巨大的危险。就这样，她径直跑回了农场主汤普森的店门口。

苏珊把多余的钱还给了汤普森。汤普森注视着眼前这个小女孩，又从口袋里取出几美元递给了她。

"不，谢谢您，先生。"苏珊说，"我不能仅仅因为做了件正确的事就得到报酬。我唯一希望的是，您不要把我看成是一个不诚实的人。"

犹太妈妈讲给孩子的话

孩子，有时候面对诱惑，想要做到诚实太难了。故事中的苏珊因为诚实做人，汤普森则又给了她几美元作为奖励。难能可贵的是，苏珊并没有要，而是时刻谨记妈妈的教导——要做到对待别人就像对待自己一样。

拿破仑的承诺

1797年3月，拿破仑在卢森堡第一国立小学演讲的时候，激动地将一束价值3路易的玫瑰花送给了该校校长，并且对该校校长说出如此誓言："为了答谢贵校对我，尤其是对我的夫人约瑟芬的盛情款待，我不仅会在今天献上一束玫瑰花，而且在未来的日子里，只要我们法兰西存在一天，每年的今天我都将派人送给贵校一束价值相等的玫瑰花。"拿破仑此言一出，该校校长十分兴奋，带头鼓起掌来。

后来，拿破仑穷于应付连绵不断的战事，就再也没有兑现那个送玫瑰花的誓言。

然而，卢森堡人却没有忘记此事。

1984年的年底，卢森堡人旧事重提，要求法国政府予以兑现。对此，他们给了法国政府两个选择：要么从1797年算起，以3路易一束玫瑰花作为本金，以5厘进行复利计算，计算的全部金额用于偿还；要么法国政府在全国各大报刊上公开申明，拿破仑是个言而无信的小人。

法国政府当然不愿意做有损拿破仑声誉的事，于是他们选择了赔款。然而，电脑算出来的数字让他们大吃一惊，原本才3路易一束的玫瑰花，如今本息却已高达约130万法郎了。面对这笔巨额赔款，法国政府又不愿意了。于是，他们另谋对策，最后给了一个令卢森堡人愿意接受的赔偿方式：

以后无论在精神上还是物质上，法国都将始终不渝地对卢森堡的中小学教育予以支持。如此，事情得以妥善解决。

当初，拿破仑绝对没有想到，自己一时许下的承诺，竟会给法国政府带来如此大的负担。

犹太妈妈讲给孩子的话

孩子，这个故事告诉我们，不要轻易地对他人许下诺言。一旦许诺了，就要去兑现。所以，孩子，在做任何决定之前，你要沉着冷静、认真地思考，而不能不假思索就脱口而出。

蓝迪和他的同学

蓝迪和他的一位同学一道去美国求学，在入学的第一天，他们正巧看见信用卡公司在校园设的摊位。任何一个学生只要简单地填一张表，就可获得一张信用卡，卡上有3000美元的信用额度，可以提前消费，还允许透支。虽说信用卡用起来很方便，但蓝迪总是很小心，账单一来就立刻支付，从不拖欠。

由于蓝迪很守信用，他几乎每周都会收到从不同的信用卡公司寄来的事先批准好的各种信用资料——如果愿意，他在任何时候都能拥有几十张信用卡。从上学到后来找工作，信用卡一直与蓝迪相伴，买车买房，从来没有任何麻烦。

蓝迪的同学却很倒霉，他阴差阳错，欠了某信用卡公司的钱，又七拖八拖，最后竟欠了一大笔钱。该信用卡公司天天打电话来逼债，还威胁他要把他告上法庭，搅得他心神不宁。为此，蓝迪的同学专门去请教一位律师，结论是：照单还钱或者宣告个人破产。但是，一旦宣告破产，这将意味着他今后12年内不能贷款买任何东西，包括汽车和房子。

在美国政府有个机构叫信誉局，它使得任何有良知、想过体面生活的人都不敢胆大妄为，必须按章办事。信誉局的信用系统记录了每个成年公民的信用信息。如果某人的不良信用一旦被信誉局记录在案，他的信誉就有问题了。从此，他购物想享受分期付款，商家一查信誉局的记录就会拒绝他；他想找个好工作，用人单位一查记录，便会觉得他不可信；他想找银行申请贷款，更是别指望了。总之，有了信誉问题，想要在这个社会过上体面的生活就很难了。

> **犹太妈妈讲给孩子的话**
>
> 有人说："我不守信用又能把我怎么样？反正没人可以惩罚我。"真的是这样吗？其实不守信的人往往会付出更大的代价，蓝迪的同学就是一个典型。他因为不能及时还上信用卡上透支的钱，结果信用出了问题，走到了破产的边缘。孩子，这种教训是深刻的，我们要谨记。

珍贵的遗产

盖瑟和妻子格罗莉亚都是亚历山得拉镇的普通教师。在他们的第一个孩子苏珊妮出生后，他们明显感觉到房子不够住了，于是他们思量着找一块新地，盖个大一点儿的房子。

经过仔细考察，盖瑟看中了镇子南边的一块空地。这块地属于已经退休的老银行家于勒先生。他在这一带有很多土地，但一块土地也不卖。不管谁找他买地，他总是将来人以各种借口打发走。

虽然盖瑟和妻子知道他们极有可能会碰一鼻子灰，但他们还是不想放弃，于是鼓起勇气去拜访了于勒先生。他们穿过一道森严的桃花心木大门，来到一间光线幽暗的办公室。于勒先生坐在书桌旁，正在看《华尔街日报》。他看见来客，一动不动，只是透过镜片瞟了一眼。

当于勒先生听到盖瑟说对那块地感兴趣时，他不耐烦地说："不卖。我说过，农民可以在那里放牛的。"

对于这样的回答，盖瑟早有心理准备，不过，他仍不愿放弃。"我们是在这里教书的老师，我们希望您能把它卖给准备在这儿长住的人。"

"嗯？"于勒撇了撇嘴，盯着他们问："你叫什么名字来着？"

"比尔·盖瑟。"他回答。

"哦？格罗弗·盖瑟和你有关系吗？"老人追问道。

"他是我的爷爷，先生。"他如实答道。

于勒先生身体一颤，他急忙放下报纸，摘去眼镜，然后指了指那几把椅子，对他们说："坐，请坐！"盖瑟和妻子很诧异，但还是坐了下来。

"格罗弗·盖瑟是我的农场里最好的工人啊。"于勒先生说，"他总是来得早，走得晚。需要做什么他就做什么，从来不需要人指派。"

老人嘴角流露出一丝难得的笑容，继续说道："一天夜里，都下班很久了，我发现他还在仓库里。他对我说，拖拉机需要修理，如果不修好他心里就觉得不踏实。"说着说着，于勒先生的眼睛就湿润了，他遥看远方，陷入对遥远往事的回忆之中。

"盖瑟，你想干什么来着？"老人回到现实，追问道。

盖瑟把刚才的话又重复了一遍。

"我先考虑考虑，你过几天再来找我吧。"老人回答。

于是，盖瑟和妻子起身告辞了。

没过几天，于勒先生把盖瑟叫到他的办公室。于勒先生告诉盖瑟说："我已经想好了，3800美元，怎么样？"

听到这话，盖瑟心里直嘀咕："每英亩3800美元，我总共就得拿出将近6万美元！他该不是用这种方式故意让我知难而退吧？"

"3800美元？"盖瑟有点胆怯地重复了一遍，嗓子好像被什么堵了一下。

"嗯。15亩共计3800美元。"于勒先生微笑着点了点头。

盖瑟满怀感激地接受了，因为这块地恐怕要值3万美元！

盖瑟心中清楚，好名声是爷爷留给他的一份珍贵的遗产，这是他能这么顺利地得到那么好的土地的原因。

他还记得，在他爷爷的葬礼上，很多人都走过来对他说："你爷爷可是个好人啊！"盖瑟的爷爷虽只是一个普通农民，但他是个热心肠，为人敦厚、慷慨，最重要的是诚实、正直，他的这些品质使他赢得了人们的敬重。

犹太妈妈讲给孩子的话

有句话是这样说的："宁可选择可爱的赞誉，也不要那些金银财宝。"盖瑟的爷爷做到了，他的品质使他赢得了人们的敬重。盖瑟的爷爷虽然去世了，但却留下了好口碑。孩子，你一定也想拥有这样一份"遗产"吧？它虽然看不到，但是比很多有形的财富珍贵多了。

逃票的年轻人

有一个小伙子高中毕业后就去了法国，开始了半工半读的留学生活。

渐渐地，他发现当地的车站几乎都是开放式的，不

设检票口，也没有检票员，甚至连随机性的抽查工作都非常少。凭着自己的聪明劲儿，他精确地估算了这样一个概率——因逃票而被查到的比例大约仅为万分之三。他为自己的这个发现而沾沾自喜，从此之后，他便经常逃票上车。他还找到了一个宽慰自己的理由：自己还是个穷学生嘛，能省一点儿是一点儿。

四年过去了，名牌大学的金字招牌和优秀的学业成绩让他充满自信，他开始频频地出入巴黎一些跨国公司的大门，踌躇满志地推销自己。然而，结局却是他始料不及的：这些公司都是先对他热情有加，然而数日之后，却又都是婉言相拒。真是莫名其妙！

最后，他写了一封措辞恳切的电子邮件，发送给了其中一家公司的人力资源部经理，烦请他告知不予录用的理由。当天晚上，他就收到了对方的回复：

"先生，你好！我们十分赏识您的才华，但我们调阅了您的信用记录后，非常遗憾地发现，您有几次乘车逃票受罚的记录。我们认为此事至少证明了两点：第一点，您不遵守规则；第二点，您不值得信任。鉴于以上原因，本公司不敢冒昧地录用您，请见谅。"

直到此时，他才如梦方醒，懊悔难当。

犹太妈妈讲给孩子的话

逃票是小事，但信用是大事。故事里的小伙子无论有多优秀，但不良的信用记录使他失去了一个又一个宝贵的机会。

孩子，曾经的道德瑕疵会成为人生的极大障碍。诚实可以让你保持正直，挺直脊梁，光明磊落地做人，让你在以后的人生中不断赢得尊重。

第 6 章

贪婪，
是最真实的贫穷

一提及"贪婪"，很多人首先想到的是莎士比亚笔下的夏洛克，可现实中的犹太商人并不是不择手段的金钱崇拜者。的确，犹太人爱钱，他们从来不隐藏自己爱钱的天性。但是，他们拥有正确的财富观。他们有节制，不贪婪，讲诚信，善于找方法，因此变得富有。

孩子，物质上的贫困并不可怕，贪婪才是最真实的贫穷。

贪婪的乞丐

有一个富翁牵着狗在公园里散步，结果不小心把狗弄丢了。富翁非常喜欢这只狗，于是就在电视台发了一则寻狗启事："有狗丢失，归还者可得酬金一万元。"一张小狗的彩照充满大半个屏幕。

启事发出后，送狗者络绎不绝，但都不是富翁家的狗。

富翁太太说："肯定是真正捡到狗的人嫌给的钱太少，不肯送还，因为那毕竟是一只纯正的爱尔兰名犬啊！"于是，富翁把酬金改为两万元。

原来，一个乞丐在公园的躺椅上打盹醒来时捡到了那只狗。但是，乞丐并没有及时看到富翁发的第一则启事。当他知道送还这只小狗可以拿到两万元的酬金时，他兴奋极了，因为他这辈子也没有交过这种好运。他自言自语道："我以后再也不用流浪街头了。"

第二天，乞丐一大早便抱着狗，准备去领那两万元的酬金。他幻想着自己住在舒适的房子里，先安安稳稳地睡上一觉，然后再想想自己应该做点儿小生意，过完以后的日子。

他边走边想，当他经过一家大百货公司的大门口时，他在屏幕上又看到了那则启事，赏金现在已经变成了三万元。

乞丐想："这赏金增长的速度倒是挺快的，这只狗到底能值多少钱呢？"

于是，他改变了主意，又折回他的破窑洞，把狗重新拴在那儿。

第四天，悬赏金额果然又涨了。在接下来的几天时间里，乞丐没有离开过大屏幕，当酬金涨到让全城的市民都感到惊讶时，乞丐返回他的窑洞，决定把狗送还给他的主人。

然而，令乞丐伤心的是，那只狗已经死了，他的所有梦想都破灭了。因为这只狗平日里在富翁家里吃的都是山珍海味，而它对这个乞丐从垃圾桶里捡来的食物根本接受不了。结果，那只狗就这样被活活饿死了。

犹太妈妈讲给孩子的话

　　这个乞丐虽然渴望财富，但是他太贪心了，没有抓住得到财富的机会，只能眼睁睁地看着它溜走。孩子，欲望无穷无尽，但机会却稍纵即逝。

被捉的小猩猩

　　在村庄附近的小森林里生活着一种小猩猩，它们喜欢半夜出来偷农民的小麦。当地的农民根据这些小猩猩的特性，找到了一种捕捉猩猩的巧妙方法。

　　乡民们找来一只葫芦形状的透明的细颈瓶，在瓶子里放入小猩猩们最爱吃的小麦，然后把瓶子固定在树上，接着就等着猩猩上钩了。

　　到了晚上，小猩猩来到树下，见到瓶中的小麦十分高兴，就把手伸进瓶子去抓小麦。

　　小猩猩的手刚好能够伸进去，然而，等它抓到一大把小麦时，手却怎么也拿不出来了——这就是这种瓶子的特别之处。贪婪的小猩猩绝不可能放下已经到手的小麦，就这样，它们的手就一直抽不出来。因此，它们不得不死死地守在瓶子旁边。这样持续到第二天早晨，人们起来抓住猩猩的时候，它们仍然不会放下手中的小麦。

　　人当然要比小猩猩聪明许多，但如果把小麦换成金钱、权力等种种诱惑，上当的恐怕就是人，而不是那些小猩猩了。

犹太妈妈讲给孩子的话

小猩猩为什么会被捉住？因为它们不会松手放开已经抓紧的小麦，导致双手无法缩回。有时候，贪婪的人与小猩猩一样，舍不得放手，结果可能会丢掉自己的性命。

特色熏肉店

在蒙特利尔市有一条很著名的街道，叫圣劳伦斯街。在这条街上，有一家同样著名的餐馆——一家熏肉店。这家熏肉店据说由波兰或罗马尼亚过来的犹太移民所开。这家熏肉店在当地既不占先机，也不占主流，可是开得很有特色，因此生意非常好。

这家熏肉店成了这个城市的亮点，不仅当地的食客很多，外地慕名而来的人也不少，很多旅游方面的杂志甚至把它列为蒙特利尔市的一个重要景点。于是近处的、远处的，东方的、西方的，有钱的、没钱的，都纷纷涌到了这里，使这里每天都会出现排队候餐的盛况。

这家熏肉店其实就是另一种形式的快餐食品店。这里可供选择的主食也很简单，除了有面包夹熏肉的三明治，还有烤牛排或牛肝，最出名的当然还要数熏牛肉了。这些食物的价格很便宜，它们既是老外们可以接受的主流食品，又与当今最流行的汉堡包的风味迥然不同。

据说，这家店的犹太人做熏肉非常拿手，堪称"蒙特利尔一绝"。店里做的熏肉，都是选用上等的牛肉为原料，制作过程也相对复杂。他们要先将牛肉腌十天以上，然后再熏十几个小时。因为配料用的是祖传秘方，所以更增加了熏肉的神秘色彩。

这家熏肉店在竞争激烈的餐饮行业傲然挺立，已传了三代，生意一直都很红火。

有人曾经问老板："生意这么好，你为什么不开连锁店呢？"

老板笑着说："我们祖祖辈辈都只是擅长做熏肉，对于开连锁店，我们确实不太适合。"

犹太妈妈讲给孩子的话

孩子，几乎每个人都会渴望拥有更多的财富和更大的成功。为什么熏肉店老板不肯开连锁店呢？因为他们没有被贪婪之心所左右，他们知道自己最应该做什么。让一个擅长计算的科学家进行长跑，让一个长跑冠军进行科学研究，双方的结果肯定都是不乐观的。

富勒的梦想

富勒一直在为一个梦想奋斗，他从零开始，而后积累了大量的财富。到30岁时，富勒已挣到了百万美元。他雄心勃勃，想成为千万富翁，而且他也有这个本事。他拥有一幢豪宅，2000亩地产，以及十几艘快艇和多辆豪华汽车。

但问题也来了：他工作很辛苦，常感到胸痛，而且他也疏远了妻子和两个孩子。他的财富在不断增加，但他的婚姻和家庭岌岌可危……

一天在办公室，富勒心脏病突发，而他的妻子在这之前刚刚宣布要离开他。他开始意识到自己对财富的追求已经耗费了他所有的精力。他忍着病痛打电话给妻子，请求见她一面。

当富勒与妻子见面时，他们热泪滚滚，抱头痛哭。他们决定消除掉破坏他们幸福生活的东西——富勒经营的生意和已经积累的财富。他们卖掉了所有的东西，包括公司、房子、汽车和游艇，然后把所得款项全部捐给了教堂、学校和慈善机构。富勒的朋友都认为他疯了，但富勒从来没有感到如此清醒。

接下来，富勒和妻子开始投身于一桩伟大的事业——为美国和世界其他地方的无家可归的贫民修建"人类家园"。他们的想法非常简单——在每一个晚上，困乏的人至少应该有一个简单而体面，并且能负担得起的地方，用来休息。

美国总统卡特也热情地支持他们的行动，穿上工装来为"人类家园"工作。富勒曾经的目标是拥有1000万美元的家产，而现在，他的目标是为1000万人甚至更多的人建设"人类家园"。目前，"人类家园"已在全世界建造了六万多套房子，为几十万人提供了住房。

过去，富勒曾为财富所困，几乎成为财富的奴隶；而现在，他是自己的主人，他认为自己是世界上最富有的人。

犹太妈妈讲给孩子的话

"如果赚的钱都揣进自己的腰包，你就不是一个真正的富翁。"虽然赚钱的能力是我们评价一个商人成功与否的重要标准，但只有那些不仅仅为自己谋得利益，同时也慷慨回馈社会的人，才能真正实现自我价值，得到社会的认可。

想做生意的农夫

有个农夫，由于庄稼种得好，村子里的人都夸他勤劳、聪明，并有人对他说："你做生意，肯定也能发大财。"

农夫和妻子商量要去做生意，他的妻子是个明白人，知道他不是做生意的料，于是劝他打消这个念头。

但农夫主意已定，妻子怎么劝都不行。妻子见劝说无用，就对他说："做生意总得有本钱吧，你明天就把家中的一只山羊和一头毛驴牵进城里去卖了吧。"妻子说完就回娘家了，并找来三个人，对他们如此这般地叮嘱了一番。

第二天，农夫兴冲冲地牵着山羊和毛驴上路了。他的妻子找来帮忙的人偷偷地跟在他的身后。

农夫贪睡，第一个人乘农夫打盹之际，把山羊脖子上的铃铛解下来系在驴尾巴上，将山羊牵走了。

不久，农夫回头，发现山羊不见了，忙着寻找。这时，第二个人走过来，热心地问他找什么。

农夫说山羊被人偷走了，并问他是否看见那只山羊。第二个人随便一指，说道："我看见一个人牵着一只山羊从林子中刚走过去，准是那个人偷了你的羊，快去追吧。"

农夫急着去追偷山羊的人，把驴子交给这位"好心人"看管。等他两手空空地回来时，驴子与"好心人"自然也没了踪影。

农夫伤心极了，一边走一边哭。当他来到一个水塘边时，看到有一个人坐在水塘边，哭得比他还伤心。

农夫挺奇怪，心想："还有比我更倒霉的人吗？"于是，他上前就问那个人为何哭泣。

那人告诉农夫："我带着一袋金币去城里买东西，走到水塘边准备洗把脸，却不小心把袋子掉进水里了。"农夫说："那你赶快下去捞呀。"那人说自己不会游泳，如果农夫帮他捞上来，愿意送给他20个金币。

农夫一听喜出望外，心想："这下子可好了，可能到手20个金币，损失全补回来了，而且还有富余啊。"他连忙脱光衣服跳进水塘捞起来。可当他空着手从水塘里爬上岸时，他才发现自己的衣服全都不见了！

农夫回到家，惊奇地发现山羊和毛驴竟然回到家中，他的妻子对他说："看来你还是适合老老实实地在家种庄稼，瞬息万变、人心叵测的商场不适合你啊！你连一些基本的风险都预料不到，又怎么能在商海里征战呢？"

犹太妈妈讲给孩子的话

适合自己的才是最好的。成功的关键不在于你干什么，而是取决于你善于干什么。孩子，你不要因为看到别人取得了成功，就放弃自己最拿手的事情，那样的结果如同故事里的农夫，最终会一无所有。

砍柴人的三个愿望

从前有一位砍柴人，他在悬崖边救了一个翅膀受伤的天使。天使的翅膀痊愈之后，她告诉砍柴人自己是天使，因为砍柴人救了她，所以她可以满足他三个愿望。

砍柴人喜出望外，回到家中便把这个好消息告诉了妻子。砍柴人的妻子是一个精明的女人，她让砍柴人告诉天使，他们需要整整一屋子的金银珠宝。砍柴人告诉天使后，没多久便看到整屋子都堆满了璀璨夺目的金银珠宝，夫妻俩高兴得合不拢嘴。

但是砍柴人和妻子仍然不满足，于是他们又来到天使那里，并告诉天使，他们还想得到一望无际的良田。天使同样满足了他们这个愿望，并且提醒他们只剩下最后一个愿望了。砍柴人和妻子一边走在已经属于自己的万顷良田之中，一边想着如何充分利用这最后一个愿望，精明的妻子终于想到了一个好法子。

当再次见到天使时，砍柴人就按照妻子交代给自己的话向天使表达了自己的第三个愿望："我们希望以后想要什么就有什么。"等到他说完这句话之后，他突然看到自己家中的所有金银珠宝全都没有了，而且万顷良田又变回了原来的荒山野岭。

"为什么会这样？"砍柴人和妻子气愤地责问天使。

天使告诉他们："人的欲望会漫无边际地膨胀，当膨胀到极点时就会毁灭人心。你们丝毫没有控制自己的欲望，还想让自己的欲望全部得到满足，这只会使你们变得更加疯狂直至最终被欲望毁灭。看在砍柴人救过我的份上，我必须在你们被欲望毁灭之前先把你们挽救回来。"

天使说完后就消失了，只留下这对贪婪的夫妻无可奈何地坐在荒地上。

犹太妈妈讲给孩子的话

人们心中的欲望就像农田里的杂草，如果不及时清除，那就会疯狂蔓延，最后使整个农田全部毁掉。孩子，在任何时候，你都要下意识地控制自己不合理的欲望，比如不让自己偷懒、控制饮食、节省开支等。

鸟儿对猎人的忠告

一次，猎人乌兰多捕获了一只能说六种语言的鸟儿。

"放了我！"这只鸟儿说，"我将给你三条忠告。"

"你先告诉我！"乌兰多回答道，"我发誓我会放了你。"

鸟儿说道："第一条忠告是：做事后不要懊悔。"

"第二条忠告是：如果有人告诉你一件事，你自己认为是不可能的，那你就别相信。"鸟儿接着说道。

"第三条忠告是：当你爬不上去时，就别费力去爬。"鸟儿继续说道。

鸟儿最后对乌兰多说："该放我走了吧。"乌兰多依言将鸟儿放了。

这只鸟儿飞起后落在一棵大树上，又向乌兰多大声喊道："你真愚蠢！你放了我，但你并不知道在我的嘴中有一颗价值连城的大珍珠。"

这时乌兰多很想再捕获这只刚被他放飞的鸟儿，他跑到树跟前并开始爬树，当他爬到一半的时候，他掉了下来，摔断了腿。

鸟儿嘲笑他并向他喊道："笨蛋！我刚才告诉你的忠告你全忘记了。我告诉你'一旦做了一件事情就别后悔'，而你却后悔放了我。我告诉你'如果有人对你讲你认为是不可能的事，就别相信'，而你却相信像我这样一只小鸟的嘴中会有一颗很大的珍珠。我告诉你'如果你爬不上去，就别强迫自己去爬'，而你却追赶我并试图爬上这棵大树，结果掉下去摔断了腿。"

说完，这只鸟儿飞走了。

犹太妈妈讲给孩子的话

孩子，乌兰多真的就这么笨吗？他平时未必就这么笨。为什么会这样呢？因为人在贪婪的时候，常常会犯傻，什么蠢事都干得出来。只有放弃自己对很多事物的贪念，才能让自己顺利地走完人生的旅程。

锁匠挑选接班人

从前，有一位锁匠叫格非勒，他的手艺远近闻名，更让人敬重的是他的人品。因为他每次为顾客配钥匙，总要告诉人家自己的姓名和住址，并说："如果你家发生了盗窃，只要是用钥匙打开的家门，你都可以来找我！"

几十年过去了，格非勒老了，为了不让自己的手艺失传，他决定在两个年轻的徒弟中选一个做自己的接班人。为此，他进行了一次测试。他准备了两个保险箱，分别放在两个房间，并事先规定：谁能在最短的时间里打开它们，谁就有资格得到自己的真传。

大徒弟不到十分钟就打开了保险箱，二徒弟却用了半个多小时。答案已经出来了，可就在这时，格非勒突然向大徒弟发问道："保险箱里有什么？"

大徒弟连忙回答："师傅，里面有很多钱，都是百元大票。钞票底下还有黄金。"

这个同样的问题又绐了二徒弟，二徒弟支支吾吾了半天，不好意思地说："师傅，我只顾开锁了，没注意到保险箱里的东西。"

格非勒点点头，当众宣布二徒弟为自己的接班人，而把保险箱里的钱给了大徒弟，让他走人。大徒弟不服气，在场的许多看热闹的人也都议论纷纷，很不理解。这时候格非勒说话了："我培养接班人有一个根本的标准，就是他必须做到心中只有锁而无他物，要对钱财视而不见。否则，心存贪恋，一旦把持不住，去登门入室或打开人家保险箱取钱都易如反掌，最终只能是害人害己。我们修锁的人，每个人心中都要有一把不能打开的锁啊。"

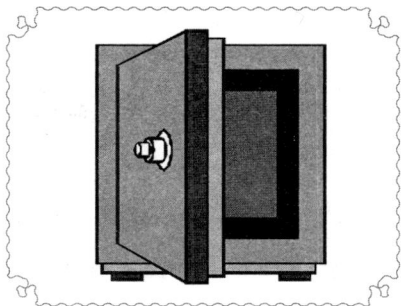

犹太妈妈讲给孩子的话

大徒弟虽然技术比小徒弟出色，但是却在道德的尺度上打了折扣，让人失望；小徒弟技术比大徒弟逊色，但是在道德上却高出师兄一头，达到了老锁匠的期望，令人信服。

贪心的渔夫

有个富翁出海观光时遇难，被一个渔夫救起。富翁决定给渔夫一大笔钱作为回报。富翁提出两个方案：一个是现在就将自己目前资产的5%送给渔夫；另一个是待十年后，将自己那时的资产的20%赠予渔夫。

这是天上掉馅饼的好事，渔夫自然非常高兴，可同时又很为难：选第一个方案，怕十年后万一富翁的资产剧增，到时后悔；选第二个方案，又担心十年后富翁的资产严重缩水甚至破产，自己岂不又亏大了吗？

渔夫被这两个挠心的选择弄得焦头烂额、神思恍惚，在次日出海时不幸被海浪吞噬。他最终丧失了所有的选择权。

犹太妈妈讲给孩子的话

渔夫的内心是贪婪的，他不满足于现在的财富，又害怕十年之后失去更多的财富。因为自己的贪婪，渔夫最终丧失了选择财富的权利，同时丢掉了自己的性命。

捕雀儿的小男孩儿

有一天，列宛看着他八岁的儿子在院子里捕雀儿。

捕雀儿的工具很简单，是一个不大的网子，网子的边沿由铁丝圈成，整个网子呈圆形，并用木棍支起一端。木棍上系着一根长长的绳子，孩子在立起的圆网下撒完米粒后，就牵着绳子躲在旁边。

不一会儿，外边飞来几只雀儿，落在旁边的树上，孩子数了数，竟有十只之多！它们大概是饿久了，很快就有八只雀儿走进了网子底下。列宛示意孩子可以拉绳子了，但孩子没有按父亲的意思做。他悄悄地告诉父亲：
"我要等那两只雀儿进去后再拉。"

等了一会儿，那两只雀儿非但没进去，反而带走四只雀儿。列宛再次
示意孩子快拉，但孩子却说："别忙，再有一只雀儿走进去我就拉绳子。"

可是接着，又有三只雀儿走了出来。列宛对孩子说："如果现在拉绳
子你还能套住一只雀儿。'但孩子好像对失去的好运不甘心，他说："总该
有几只要回去吧，再等等吧。"

终于，最后一只雀儿也在吃饱后从网底飞了出去，孩子既伤心又懊悔。

列宛抚摸着孩子的头，慈爱地说道："欲望无穷无尽，而机会却稍纵
即逝，很多时候，人们为了得到更多而一味地等待，如果不采取果断的行
动，反而会把原先拥有的东西也丢失。"

犹太妈妈讲给孩子的话

人不能贪得无厌，而要见好就收，否则会失去本该得到的东西。
很多时候，我们只有保持头脑冷静，不贪婪，才能果断做出决策。

费尔南多住店

售货员费尔南多在星期五的黄昏经过一个小镇时由于身无分文，他无
法解决食宿，只好到犹太教会堂找执事，请他推荐一个提供食宿的家庭。

执事查了一下记事本说："本星期五，路经本镇的穷人很多，每家都
住满了客人，唯有开金银铺的西梅尔家例外，但他为人小气，且从来不接
待任何客人。"

"他肯定会接待我的。"费尔南多很自信地说。之后，他就去了西梅
尔家。等敲开门后，费尔南多神秘兮兮地把西梅尔拉到一旁，从大衣兜里取

出了一个砖头大小的沉甸甸的小包，小声地说："请问您一下，砖头大小的黄金值多少钱？"

金银店老板眼睛一亮，可是这时已到了"安息日"，不能继续谈生意了。为了能做成这笔生意，他连忙挽留费尔南多在自家住宿，等到第二天日落后再谈。

按照犹太教规，每周五日落至周六日落这24小时为"安息日"，这期间不得从事任何工作。另外，孤身在外的旅客在这期间有权利在犹太人家里获得食宿方面的照顾，因为这一天，即使旅人也不会出门。

于是，在整个"安息日"，费尔南多都受到西梅尔的热情款待。当周六晚上可以做生意时，西梅尔满面笑容地催促费尔南多把"货"拿出来看看。

费尔南多故作惊讶地说："我哪有什么金子？我只不过是想问一下砖头大小的黄金值多少钱而已。"

犹太妈妈讲给孩子的话

在这则故事中，费尔南多的技巧可谓高明。孩子，你要知道，在跟别人来往的时候不要有贪念，因为贪婪会给别人提供可乘之机。与此同时，面对贪婪的人你也不要害怕，只要你肯动脑筋，善于寻找对方的弱点，相信你是可以制服他的。

第 **7** 章

智慧，是创造财富的
金点子

早期的苦难经历，造就了犹太人的品格和与众不同的思维方式。他们善于学习，珍爱各类书籍，尤其是那些凝聚着先贤心血和智慧的书，而其中最为珍贵的书籍要属《塔木德》。在每个犹太人的家庭里，当一个孩子开始记事时，家长会把《塔木德》翻开，在书上滴上一些蜂蜜，让孩子亲吻它，在品尝到蜂蜜的甜味时感受书香。正因为这样，他们才会像维特根斯坦所描述的那样："在犹太人那里有不毛之地，可是在其绵薄的石层底下，流淌着犹太精神和智慧的泉水。"

工程师与逻辑学家

美国的一位工程师和一位逻辑学家是莫逆之交。一次，两人相约赴埃及参观金字塔。到埃及后，逻辑学家住进宾馆后便写起了自己的旅行日记，而工程师则徜徉在埃及的街头。忽然，工程师耳边传来一位老妇人的叫卖声："卖猫啊，卖猫啊！"

工程师顺着声音一看，发现一位老妇人的身旁放着一只黑色的雕塑，标价500美元。这位妇人解释说："这只玩具猫是祖传宝物，因孙子病重，不得已才出售以换取住院治疗费。"工程师用手拿起玩具猫，发现它很重，看起来似乎是用黑铁铸就的。不过，那一对猫眼却是珍珠的。

于是，工程师就对那位老妇人说："我给你300美元，只买两只猫眼可以吗？"

老妇人琢磨了一下，觉得行，就同意了。工程师回到宾馆，高兴地对逻辑学家说："我只花了300美元，竟然买下两颗硕大的珍珠！"

逻辑学家一看这两颗大珍珠，它们的价值绝不止300美元，少说也有上千美元，他忙问朋友是怎么一回事。当工程师讲完缘由，逻辑学家忙问："那位妇人还在那里吗？"

工程师回答说："她还坐在那里，想卖掉那只没有眼珠的黑铁猫！"

逻辑学家听后，忙跑到街上，给了老妇人200美元，把玩具猫买了回来。

工程师见后，嘲笑道："你呀，花200美元买个没有眼珠的铁猫！"

逻辑学家却独自坐下来摆弄、琢磨这只玩具猫。突然，他灵机一动，用小刀刮玩具猫的脚，当黑漆脱落后，里面露出的是黄灿灿的一道金色的印迹，他高兴地大叫起来："果然不出我所料，这猫是纯金的！"

原来，当年铸造这只金猫的主人怕猫的金身暴露，便将猫身用黑漆漆过，将之伪装成了一只铁猫。对此，工程师十分后悔。

此时，逻辑学家转过来嘲笑他说："你虽然知识很渊博，可就是缺乏一种思考的艺术，分析问题不全面、不深入。你应该好好想一想，猫的眼珠既然是由珍珠做成的，那猫的全身会是由不值钱的黑铁所铸吗？"

犹太妈妈讲给孩子的话

美国著名心理学专家丹尼尔·高曼说过："要想在事业上有所成就，必须依靠创造性思维。"很多人都只是看到了事物的表面现象，却忽略了事物的本质。孩子，你只有不断地去探索求知，才能得到意想不到的收获。

向和尚推销梳子

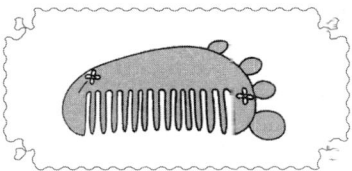

有三个卖梳子的人，他们都向和尚推销梳子，结果说法不同，卖出梳子的多少也不同。

第一个卖梳子的人找到和尚，就说："大师啊，你买把梳子吧！"和尚一听，说："我没头发，要梳子干什么？"他说："你虽然没头发，但可以用它来刮刮头皮，挠挠痒，既舒服又疏通经络，经常梳也是种锻炼，脑子清醒，背经文记性好啊。"和尚一听，就说："原来梳子有这么多好处，反正不贵，就买一把吧。"

第二个卖梳子的人，找到和尚说："大师啊，买把梳子吧！"和尚说："我没头发，要梳子干什么？"他说："梳子不仅可以锻炼身体，清醒头脑，而且你在拜佛的时候，梳梳头修整仪容，表示你对佛的尊重。如果让你

的弟子在每天朝拜佛祖的时候刮刮头皮，就表示众弟子对佛的虔诚，更表示大师你对佛的一片深情厚谊。"和尚说道："对呀！的确如此。"于是，和尚就给他的十个弟子每人买了一把。

第三个卖梳子的人，找到和尚说："大师啊，你买把梳子吧！"和尚说："我没头发，要梳子干什么？"他说："你虽然没有头发，但到你庙里烧香拜佛的信徒很多，假如你买把梳子送给他们，让他们清醒清醒头脑，看破世间的一切利益得失、恩恩怨怨，向佛的境界靠拢，这样就显示了佛祖大慈大悲的心肠，普渡众生的哲学，那真是功德无量呀！由此，你庙里的香火也会越来越旺。"和尚一听，觉得有道理！马上说："我买一千把。"

犹太妈妈讲给孩子的话

卖梳子给和尚听起来似乎是很可笑的一件事，可是故事中的三个人不管卖了几把，都卖出去了。这说明，你认为不可能的事情，其实没有那么难。只要你善于动脑，多去思考，你的大脑会告诉你该怎么做。

三个被关进监狱的富翁

从前，有三个不同国籍的富翁因为触犯了法律，要被关进监狱三年。监狱长给他们每人一个机会，他们可以根据自己的喜好提出一个愿望，并且监狱长一定会帮他们实现愿望。

三个富翁听到这个消息，都非常高兴，心理盘算着要点儿什么才能让自己在监狱里的日子好过一些。

"监狱长大人，您看这三年的时间也不短啊，我这辈子啊，没什么爱好，就喜欢抽雪茄，您给我三箱雪茄得了。"美国富翁笑嘻嘻地说。于是，这个美国富翁得到了三箱雪茄。

"监狱长大人，我从小就生活在世界上最浪漫的国家——法国，所以我想在这里也过着浪漫的生活，您还是给我一个漂亮的女人吧。"法国富翁说道，一脸神往的表情。于是，这个法国富翁得到了一个美丽的女子，并与之相伴。

最后一个是犹太富翁，他想了一会儿说："监狱长大人，您还是给我一部电话吧，这样我还可以和外界继续保持联系。"于是，这个犹太富翁得到了一部与外界沟通的电话。

三年时间转眼过去了。第一个冲出来的是那个美国富翁，只见他的嘴里、鼻孔里塞满了雪茄。他歇斯底里地喊道："给我火，快给我火！"原来这个家伙只想着要雪茄，却忘了要火了。三年来他只能日日夜夜地守着这三箱雪茄，却没有办法抽雪茄，饱受煎熬。

接着出来的是那个法国富翁。只见他手里抱着一个小孩子，身边的那个美丽女子手里牵着一个小孩子，肚子里还怀着第三个。看到怀里的小孩子哇哇直哭，法国富翁一脸烦躁的表情，却无计可施，只能拖着脚步往前走。

最后走出来的是那个犹太富翁，只见他快步走到监狱长面前，紧紧握住监狱长的手说："谢谢您，这三年来我每天保持和外界的联系，我的生意不但没有停顿，而且利润增长了200%。为了表示感谢，我送您一辆劳斯莱斯！"

犹太妈妈讲给孩子的话

故事中的三个被关进监狱的富翁有了三个不同的选择，于是有了三种不同的生活。这虽然只是个笑话，但却给了我们深刻的启示：有什么样的选择，就会有什么样的人生。

失而复得的金币

古时候，有个商人来到一个市镇做生意。他打听到几天之后有特别便宜的商品出售，就留在那里等待。他身上带了不少金币，当时又没有银行，只能走到哪儿带到哪儿，既重又不方便，还很不安全。

于是，他一个人悄悄地来到一个僻静之处，瞧瞧四周无人，就在地里挖了一个洞，把金币埋藏起来。可是，第二天他回到原地一看，却大吃一惊，发现金币不见了。

他呆呆地站在那里，再三地回忆："昨天确实没有人看到自己埋藏金币，可为什么金币会不见了呢？"他百思不得其解。就在这时，他一抬头，发现远处有一间房子，房子的墙上有个洞，洞口正对着他埋金币的地方。他忽然想到："会不会是住在这房子里的人，正好从墙洞里看见自己埋金币，然后把它挖走了呢？如果事情确实如此，我怎样才能把金币要回来呢？"

商人打定主意，来到屋前，见了住在里面的男主人，客气地问道："你住在这里，头脑一定很灵活。现在我有一件事要向你请教，不知行不行？"那人一口答应道："请尽管说。"

商人接着问道："我是外乡人，特地到这里来办货，身上带着两包金币，一包放了500枚金币，另一包放了800枚金币。我已把小包悄悄埋在没人知道的地方了。现在的问题是：这个大包是埋起来比较安全呢，还是交给可以信赖的人保管比较安全？"

男主人听完后回答说："如果我是你，什么人我都不会信任，也许我会把大包和小包埋在同一个地方。"

商人假装若有所思地点了点头，然后告辞了。等商人一走，这个贪心不足的人马上拿出挖来的小包，又去埋在原来的地方。可他抬脚刚走，守候在不远处的商人便马上回来，挖出小包，500枚金币一个不少地回到了商人的手里。

犹太妈妈讲给孩子的话

这个商人之所以能够不费周折就拿回了丢失的500枚金币，主要原因就是他的计策十分高明。他知道，那人之所以偷东西，就是因为有贪婪之心，可得到的物品价值越大，贪心也越大。所以，商人借助那人的贪婪之心，让那个小偷取出已经偷到手的金币，也算给了他个教训。

卓别林改剧本

《大独裁者》是卓别林的一部很重要的作品，也是他的第一部有声电影。1939年1月1日，卓别林开始着手编写剧本，三个月后宣告完成。同年6月，他向报界透露了该片的内容。1939年9月7日，《大独裁者》正式开始拍摄。

实际上《大独裁者》开始的名字叫《独裁者》，它之所以改名是有原因的。

正当卓别林带着演员们前往外地拍摄外景，工作十分紧张的时候，派拉蒙电影公司向卓别林写信，告知《独裁者》原是他们的专利品，因为他们有过一个剧本，题目就叫《独裁者》。

卓别林感到事情节外生枝，有些棘手，便派人前去跟他们谈判。谈来谈去，对方坚持不肯退让。对方表示，除非将剧本的拍摄权交给他们，否则决不罢休。

不得已，卓别林只得亲自找上门去，好

言好语地同他们商量。可是派拉蒙电影公司坚持认为，如果卓别林不肯出让拍摄权，又要借用《独裁者》这个名称，那就必须交付2.5万美元的转让费，否则就要以侵犯版权罪向法院提起诉讼。

硬也不行，软也不是，感到左右为难的卓别林灵感忽然爆发，机智地在《独裁者》前面添了一个字，使得派拉蒙电影公司勒索2.5万美元的计划顿时化为泡影。

原来，卓别林添上了一个"大"字。按卓别林的解释，那部电影的题目加了个"大"字，成了《大独裁者》，就不是派拉蒙电影公司剧本所意味的"一般独裁者"了。两者之间有了质的区别，又怎能谈得上侵犯专利权呢？

《大独裁者》于1940年10月正式公映，获得了巨大的成功。在关键时刻，卓别林想出了这样一个绝妙的点子，不仅避免了自己的损失，还为电影的拍摄赢得了宝贵的时间。

犹太妈妈讲给孩子的话

孩子，也许在你的印象中，卓别林可能只是个留着小胡子、形象滑稽的喜剧演员。其实，他的头脑里充满了智慧。在关键时刻，他想出了一个绝妙的点子，避免了自己的损失，并赢得了宝贵的时间。这种随机应变的能力，值得我们学习。

变废为宝

一战期间，在奥斯维辛集中营里，一个犹太人对他的儿子说："现在我们唯一的财富就是智慧，当别人说一加一等于二的时候，你应该想到大于二。"

纳粹党人在奥斯维辛集中营毒死了几十万人，但是这对父子机智地躲过了灾难，幸存了下来。

1946年，父子俩来到美国，在休斯敦做起了铜器生意。一天，父亲问儿子："一磅铜的价格是多少？"

儿子答道："35美分。"

父亲说："对，整个得克萨斯州都知道每磅铜的价格是35美分，但你作为犹太人的儿子，应该说35美元。你试着把一磅铜做成门把看看。"

几十年后，父亲死了，儿子独自经营铜器店。他既做过铜鼓，又做过瑞士钟表上的簧片，还做过奥运会的奖牌……他的名字叫麦考尔，这时他已经是麦考尔公司的董事长了。

然而，真正使麦考尔扬名的，是纽约的一堆垃圾。

1974年，美国政府为清理给自由女神像翻新留下的废料，向社会广泛招标。但好几个月过去了，也没人敢应标。因为在纽约，处理垃圾有严格的规定，稍有不慎就会受到环保组织的起诉。

麦考尔当时正在法国旅行。听到这个消息，他立即终止了旅行，飞往纽约。看到自由女神像下堆积如山的铜块、螺丝和木料后，他当即就与政府部门签下了协议，收购了这些被别人视为垃圾的废料。

消息传开后，纽约许多人都在偷偷发笑。麦考尔的许多同事也认为，废料回收是一件出力不讨好的事情，况且能回收的资源也非常有限，这一举动未免有些愚蠢。

当大家都在看他的笑话时，麦考尔开始工作了。他召集一批工人对废料进行分类处理：将废铜熔化，铸成小自由女神像；将旧木料加工成女神的底座；将废铜、废铝的边角料做成钥匙；从自由女神像身上扫下的灰尘都被包装起来，卖给了花店……

结果，这些在别人眼里根本没有用处的废铜、边角料甚至灰尘都以高价卖出，而且居然供不应求。不到三个月的时间，麦考尔让这堆废料变成了350万美元。他甚至把一磅铜卖到了3500美元，使每磅铜的价格整整翻了一万倍。

犹太妈妈讲给孩子的话

孩子，商场如棋局，仅仅看到一两步棋路的人往往难以取胜。因为他们只看眼前，不能把握大局，很容易因为一时的利益而使自己陷入困境；而那些从全局着眼的棋手往往能够取得最后的胜利。

想做钻石生意的西班牙商人

有个西班牙商人，他对犹太商人的经商原则很欣赏，并且尽力地学习。之后，他取得了不小的成功——他经营的女式手提包生意十分红火。当他看到犹太人经营钻石更为赚钱时，他也想去经营钻石。他又看到身边不少西班牙人经营的钻石生意很不景气，为了避免遭遇同样的命运，他就找到钻石大王玛索巴士，向他请教如何才能做好钻石生意。这位钻石大王是一位博学的犹太商人。

这位钻石大王听完他的来意，冷不丁地问了他一句："你知道澳大利亚的海域有哪些热带鱼吗？"

这个西班牙人丈二和尚摸不着头脑，他心想："这个钻石大王问这个干吗？这个和钻石生意有关吗？"

看到这个西班牙人哑口无言的样子，这位钻石大王语重心长地说："钻石生意是需要丰富的知识才可以做的，你对某颗钻石的来源、历史、种类和品质都不了解，就不会知道它的价值。要积累判断钻石价值的知识和经验，就要不断地学习和积累，至少需要十年的时间。所有相关的知识你都要了解，你才可以真正拥有独特的眼光。"

这个西班牙人听后，因自己所知道的钻石知识太少而羞愧不已。他早就知道，犹太人是继承了几千年以来祖先留传给他们的经验，加上自己后天积累的知识，才拥有了这样丰富的学识。要想赢得顾客的尊敬和信任，没有专业的知识和良好的信誉是根本不可能的。

最后，这个西班牙商人自知没有这个能力，便很自觉地退出了这个行业。

犹太妈妈讲给孩子的话

如果没有专业的知识和良好的信誉支持，就根本无法在钻石行业中生存下去。其实何止是钻石行业，任何其他行业也都是如此。如果我们不事先对这个行业有全面的了解，我们就无法在这个行业中站稳脚跟。

阿德诺与布鲁诺

两个同龄的年轻人同时受雇于一家店铺，并且拿着同样的薪水。可是没多久，那个叫阿德诺的小伙子青云直上，薪水越来越高，而那个叫布鲁诺的小伙子却仍然在原地踏步。布鲁诺很不满意老板的"不公正"待遇。

终于有一天，他到老板那儿发牢骚了。老板一边听着他的抱怨，一边在心里盘算着怎样向他解释清楚关于他和阿德诺之间的差别。

"布鲁诺先生！"老板开口说话了，"你今早到集市看一下，看看今天早上有什么东西卖。"于是，布鲁诺按老板的吩咐去了集市。

布鲁诺从集市上回来向老板汇报说："今早集市上只有一个农民拉了一车土豆在叫卖。"

"有多少？"老板问。

布鲁诺赶快戴上帽子又跑到集市上，然后回来告诉老板："一共40袋土豆。"

"价格是多少？"老板又问。

布鲁诺又一次跑到集市上问了价钱。

"好吧！"老板对他说，"现在请你坐到这把椅子上，一句话也不要说，看看别人怎么说。"

阿德诺也被老板安排了同样的任务。他也从集市上回来了，并汇报说："现在为止只有一个农民在卖土豆，一共40袋，价格是0.5美元一斤，土豆质量很不错。"他还带回来一个土豆让老板看看。

他接着说道："这个农民没过多久还弄来了几箱西红柿，价格非常公道。"昨天他们店铺里的西红柿卖得很快，库存已经不多了，他想这么便宜的西红柿老板肯定会要一些的，所以他不仅带来了一个西红柿做样品，而且把那个农民也带来了。此刻，那个农民正在外面等回话呢。

此时，老板转向了布鲁诺，对他说："现在你肯定知道为什么阿德诺的薪水比你的高了吧？"

犹太妈妈讲给孩子的话

布鲁诺跑了三趟，才在老板的提示下，了解了菜市场的部分情况；而阿德诺仅跑了一趟，就掌握了老板需要和可能需要的信息。现实生活中也有不少人像布鲁诺那样，别人吩咐什么就干什么，还慨叹命运的不公平。孩子，勤奋并不仅仅是埋头苦干，还需要你多动脑筋，多思考；如果手脚勤快却头脑懒惰，照样会一事无成。

别样的"假日旅店"

威尔逊起初并没有从事旅店行业。有一次，他来到一家旅馆投宿，看见旅馆环境不好，服务态度很差，感觉非常不舒服。正当他倍感失望之时，他忽然有了一个想法："我为何不去开设一家旅馆，认真经营呢？倘若创办一种新型旅馆——汽车旅馆，专门服务汽车司机，肯定会有很大的市场。"

有了开办旅馆的设想后，威尔逊便开始筹划着。同年冬天，他在田纳西州的孟菲斯开设了第一家汽车旅馆。

他对旅馆做了精心的布置。首先，旅馆特别干净整洁，同时具备良好的服务条件；其次，旅馆的房租很低；再次，旅馆还为消费者提供了物美价廉的食物，使顾客能花不多的钱吃到丰盛的大餐；最后，为了方便司机停车，旅馆还专门建立了停车场，驾驶汽车的人来到这家汽车旅馆住宿会感到很方便。

因此，威尔逊的旅馆生意做得十分红火。

他趁着良好的发展态势，不断地在美国各地开设了数百家汽车旅馆。

20世纪50年代后期，旅游业迅速发展，每年都有数量众多的游客涌到美国。随着旅游黄金时代的到来，威尔逊决定抓紧机遇，创建"假日旅店"，为国外游客提供服务。"假日旅店"仍然是以"方便、清洁、实惠"为经营宗旨，热情周到地为顾客服务。

在饮食方面，威尔逊主张提供一些味美价廉的食物。他在房间里使用了空调，这是当时世界上第一家有空调的旅馆。旅馆的每个房间都有电视，这样可以使外出旅游的一家人在饱览了沿途风光后，还能在旅馆里享受到有趣的电视节目。他还为孩子们设计了一个游泳池，增加了不少照顾孩子的服务项目。他甚至还设计了为旅客的小狗提供住处的免费狗舍……所有这些，在当时都是前所未见的。

光线明亮，空气流通，色调柔和，温馨舒适……这样的居住环境让旅客充满了亲切的感觉。于是，别人的旅馆冷冷清清，而威尔逊的旅馆却总是挤得满满当当。

> **犹太妈妈讲给孩子的话**
>
> 威尔逊"假日旅店"的成功之处，就在于他没有沿用当时的大众经营方式，而是另辟蹊径，让自己的旅馆在众多的竞争者中独树一帜，从而吸引了更多的游客。

富有的波比

有一次，一艘大船出海航行，船上的旅客尽是些大富翁，唯有一个人例外，他就是波比。

富翁们闲着没事，就互相炫耀自己所拥有的巨额财富。正当他们彼此之间争论得不可开交之时，波比却说："我觉得我最富有，只是现在我的财富不能拿给你们看。"富翁们对他说的话一笑了之。

半途中，海盗袭击了这艘船，富翁们的金银财宝全被抢掠一空。海盗们离去后，这艘船好不容易抵达了一个港口，但已没有资金继续航行了。

下船后，波比因其丰富的学识和高尚的人格，很快受到了当地居民的器重。他被请到当地的学校里去当老师，教导学生。

过了一段时间，波比偶然遇到那些曾经同船旅行的富翁。如今，他们都已陷入朝不保夕的凄凉境地。富翁们对波比说："我们终于明白你当时在船上说的那句话了，一个人如果拥有丰富的学识和智慧，那他就是最富有的人。"

犹太妈妈讲给孩子的话

金银财宝很容易被他人抢走，或是意外失去。只有知识和智慧这些无形的财富，才可以保存在我们的头脑里，不会也不能被他人夺去。

亚默尔卖水

19世纪中叶，发现金矿的消息从美国加州传来。许多人认为这个发财的机会千载难逢，于是纷纷奔赴加州。17岁的犹太人亚默尔也成为这支庞大的淘金队伍中的一员，他同大家一样，历经千辛万苦，赶到加州。

淘金梦的确很美，做这种梦的人也比比皆是，而且还有越来越多的人纷至沓来，一时间加州遍地都是淘金者。由于淘金人数众多，金子变得越来越难淘。

不但金子难淘，生活也越来越艰苦。当地气候干燥，水源奇缺，许多不幸的淘金者不但没有圆致富梦，反而丧身此处。亚默尔经过一段时间的努力，和大多数人一样，不但没有发现黄金，反而被饥渴折磨得死去活来。

一天，亚默尔望着水袋中一点点舍不得喝的水，听着周围人对缺水的抱怨声，他突发奇想："淘金的希望太渺茫了，还不如卖水呢。"于是，亚默尔毅然地放弃淘金梦，将手中挖金矿的工具变成挖水渠的工具，从远方将河水引入水池，用细沙过滤，使之成为清凉可口的饮用水。

然后，亚默尔将水装进桶里，挑到山谷卖给那些找金矿的人。当时有人嘲笑亚默尔："你千辛万苦地到加州来，不挖金子发大财，却干起这种蝇头小利的买卖，这种生意哪儿不能干，何必跑到这里来？"

亚默尔毫不在意，不为所动，继续卖他的水。他把几乎无成本的水卖了出去。哪里还有这样的好买卖？哪里还有这样好的市场？结果，淘金者全都空手而归，而亚默尔却在很短的时间里靠卖水赚到了几千美元，这在当时是一笔非常可观的财富了。

犹太妈妈讲给孩子的话

在气候干燥、水源奇缺的加州矿山里，卖水也是一个好主意。亚默尔随机应变，做起了卖水的生意，不仅获得了可观的财富，而且还积累了宝贵的经验，可谓"一举两得"。

爱德与比尔

从前有一个村子很缺水，为了解决这个问题，村里的长者决定对外签订送水协议。最终，有两个人同时愿意接受这个协议。长者觉得，两个人有利于竞争，可以使水的价格保持低廉，又能够确保水量的供应。

其中有一个人叫爱德，他立刻行动起来。他买了两个特大的桶，每天奔波于相距五里的湖泊和村庄之间，用桶打水，将水从湖泊运回村里面。他在村子里面修建了一个很大的蓄水池，用来装水。他起得比任何一个村民都要早，因为当村民需要用水时，蓄水池里面必须有足够的水。爱德干得十分辛苦，他起早贪黑，没有休息日。虽然这样的工作很辛苦，但是他的收入却很不错。

另外一个人叫做比尔，他从签下协议的那一天起就不见了踪影。几个月以来，他一直没有出现过。

比尔做什么去了呢？他既没有买桶，也没有建造蓄水池。他做了一份详细的计划书，并找到了投资人。几个月后，他带了一支施工队回到村里，花了一年的时间修了一条从村庄通往湖泊的管道。

管道建好了，水通过管道流进了村里。比尔宣布，他的水比爱德的水还要便宜、干净，而且他可以每天24小时为村民供应水。村民们欢呼雀跃，纷纷在比尔的管道上接上了水龙头。

比尔又想，一个村庄如此，还有其他更多的这样的村庄同样也需要水。于是，比尔重新制定了商业计划，开始给更多缺水的村庄安装管道，向他们供应干净的饮用水。于是，钱像比尔输送的自来水一样源源不断地流进了他的银行账户。

再看看爱德，他依然在拼命地工作，依然起早贪黑，可是用他的水的人越来越少了，他这一辈子只是一个普通送水工。面对同样一份工作，比尔比爱德多动了一下脑子，便收获了比爱德多得多的财富。

犹太妈妈讲给孩子的话

光苦干不行，还要巧干。爱德起早贪黑，拼命工作，属于苦干；而比尔找人投资修建自来水管道，把湖水引入村庄，属于巧干。因此，比尔最后获得了比爱德多得多的财富。

善于利用有效信息

默尔肉类加工公司的老板默尔习惯天天看报。虽然生意繁忙，但他每天早上到了办公室，就会看秘书给他送来的各种报刊。

1875年初春的一个上午，他依然和平时一样细心地翻阅着报纸，忽然，一条不显眼的消息把他的眼睛牢牢地吸引住了——墨西哥疑有瘟疫。

默尔顿时眼睛一亮，心想："如果墨西哥发生了瘟疫，就会很快传到加州、得州，而加州和得州的畜牧业是北美肉类的主要供应基地。一旦那里发生瘟疫，全国的肉类供应就会立即紧张起来，肉价肯定也会飞涨。"于是，他立即派人到墨西哥进行实地调查。

几天后，调查人员回电，证实了这一消息的准确性。默尔放下电报，立即集中大量的资金收购加州和得州的肉牛和生猪，运到离加州和得州较远的东部饲养。

两三个星期后，瘟疫就从墨西哥传到了联邦西部的几个州。联邦政府立即下令严禁从这几个州运送食品，从而导致北美市场肉类奇缺，价格暴涨。默尔及时把囤积在东部的肉牛和生猪以高价出售。短短的几个月时间，他净赚了900万美元，这一条信息让他赚取了巨额利润。

默尔的成功不是偶然的，是他长期看报纸获取最新信息的结果。

为了更有效地获取信息，也为了避免个人的力量无法兼顾到所有的信息，默尔还专门成立了一个市场信息收集小组。这些收集信息的人员的文化水平都很高，具有丰富的市场经验，懂得哪些信息是有用的，哪些信息是无用的。他们每天收集世界各地的几十份报纸，并对其中重要的相关信息进行分类，最后再对这些信息做出相应的评价。如果默尔觉得某条信息有价值，他就会和他们共同研究这些信息。这样一来，默尔在生意经营中由于及时有效地利用这些信息而屡屡成功。

犹太妈妈讲给孩子的话

"即使是风，也要嗅一嗅它的味道，你就可以知道它的来历。"孩子，从默尔的例子中我们可以知道，要善于利用对自己有用的信息。

伟大的推销员

一位乡下的小伙子去应聘城里一家大百货公司的销售员。老板问他："你以前做过销售员吗？"

他回答说："我以前是村里挨家挨户推销的小贩。"

老板喜欢他的机灵，就对他说："你明天可以来上班了。一周以后，我会来看你。"

一周过后，老板真的来了，就问他："你这一周做了几单买卖？"

"一单。"年轻人回答说。

"只有一单？"老板很吃惊地说，"我们这儿的售货员一天基本上可以完成二十多单生意呢！这单生意你卖到多少钱？"老板有些生气了。

"30万美元。"年轻人回答道。

"你……是怎么卖到那么多钱的？"目瞪口呆、半晌才回过神来的老板问道。

"是这样的。"年轻人说，"一位男士进来买东西，我先卖给他一个小号的鱼钩，然后是中号的鱼钩和大号的鱼钩。接着，我卖给他小号的鱼线和中号的鱼线，最后是大号的鱼线。我问他上哪儿钓鱼，他回答说去海边。所以，我建议他买条船。我带他到卖船的专柜，卖给他长20英尺的有两个发动机的帆船。他又说，他现在的汽车可能拖不动这么大的船。于是，我又带他去汽车销售区，卖给他一辆新款豪华型'巡洋舰汽车'。"

老板难以置信地问道："一个顾客仅仅来买个鱼钩，你就能卖给他这么多东西？"

"不是的。"年轻人回答道，"他的妻子周末要出远门，他是来给妻子买旅行箱的。我就告诉他：'你的周末算是空闲了，为什么不去钓鱼呢？'"

犹太妈妈讲给孩子的话

孩子，你有没有惊叹这个年轻人的推销才能？有了这样的才能，还用担心财富不会滚滚而来吗？有了这种才能，你就能够发现平常现象背后隐藏的机会了。

一条价值十万美元的建议

罗伯特是一家牙膏企业的总经理。在牙膏厂开办的最开始一段时间里，他们的牙膏产品由于制作精良，包装精美，深受广大消费者的喜爱，公司的营业额也在不断增长。在企业刚开办的前几年，营业额的增长速度竟然能达到50%，这可绝对算得上是一个非同寻常的成绩！

然而，到企业开办的第九个年头，罗伯特却遇到了前所未有的困难。企业的业绩开始停滞不前，不仅如此，在有的月份里竟然还出现了负增长的局面。这样的业绩让一向心高气傲的罗伯特感到不安，但他也没有更好的办法改变这种局面。因此，为了解决企业所面临的窘境，罗伯特立即着手召开紧急会议。很快，各个分公司的经理全都被召集起来，共同商讨对策。

在会上，罗伯特分析了当前所面临的不利局面，并希望大家能够献计献策，帮助企业渡过这个难关。经过很长一段时间的商讨，罗伯特仍然没有得到一个令人满意的答案。

会议进行到第三天的上午，罗伯特意外地接到一个年轻人打来的电话。那人在电话中自称是罗伯特公司的用户，并说有一个办法能够解决公司当前的困境。罗伯特一听，高兴得差点从凳子上跳起来，他急忙让那个年轻人赶到会议室。

一个小时后，那个年轻人来到了会议室。他很有礼貌地打过招呼之后，对罗伯特说道："我听朋友提到了贵公司所面临的困难，而且也想到了一个能够解决问题的好办法。我可以把这个方法告诉您，但是有一个条件：如果您采用了我的建议，要向我支付5万美元，假如贵公司年底赢利超过20%，您需要再支付我5万美元。"

听了年轻人的话后，罗伯特有些生气，心中暗想："他竟然向我提出这样过分的条件？"于是他对那个年轻人说道："你可真是狮子大开口啊！你不觉得这样做很过分吗？我可以马上把你赶出去，你信不信？"

那个年轻人回答道："总经理先生，我完全相信您的话。不过请您不要误会我，如果您听了之后觉得我的建议行不通，或者是您不愿采纳，您完全可以把它丢到在一边，一分钱也不必支付。但是如果您觉得它确实有效，甚至能够帮助您的企业渡过难关，那时您所获得的利润和这十万美元相比，您自会分清轻重。"

罗伯特余怒未消，暂时压制住心头的怒火说道："好吧。我答应你，我倒要看一看你到底有多大的能耐，说吧！"

只见那个年轻人从口袋里拿出一张纸条，把它递给了罗伯特。罗伯特带着怒气接过那张纸条，仔细地看了一遍。令人惊奇的结果出现了：罗伯特看完那张纸条后立即转怒为喜，而且马上从口袋中掏出支票本，为那个年轻人签了一张5万美元的支票。

罗伯特对他说："难怪你敢夸下海口，你提出的方法还真称得上是举世无双的妙招，好样的！"

那张纸条上究竟写了些什么呢？在那张纸条上，年轻人只写了一句话："将所有的牙膏管口的直径扩大一毫米。"大家试想一下，如果每个消费者挤出比原来粗一毫米的牙膏，全部加起来，每天消耗的牙膏量就会多得多啊。所以，罗伯特毫不犹豫地先向他支付了5万美元。

在这之后，罗伯特马上着手设计新包装，将牙膏管口的直径扩大了一毫米。在更换了牙膏包装之后，企业的效益明显好转，在当月的考核中，企业的营业额足足增长了30%。

犹太妈妈讲给孩子的话

一条10万美元的建议，真是够贵的！但事实上它真的值吗？与公司之后取得的业绩相比，它真的非常值。所以，孩子，你要努力学习知识，只有具备渊博的知识，你才有可能提出更有价值的建议来。

一份巧妙的遗嘱

古时候有一位富翁，他在临终前，身边一个亲人也没有，他唯一的儿子还在远方无法即时赶回，只有一个奴仆守在他的身边。于是，他立下了遗嘱："我死之后，我的全部财产归奴仆所有，其他人不得动用，而我的儿子可任意选一件物品为他所有。"他写完之后，就咽了气。

儿子回来之后，见到遗嘱不由大怒。"父亲怎么会把他一辈子辛辛苦苦积攒下来的财富全部都留给一个奴仆，而只给自己一件物品呢？"他百思不得其解，于是去请教智者。智者听了，微微一笑，对他说："你父亲真是聪明，他给你留下了他的全部财产啊！你再好好看看你父亲的遗嘱吧。"

他拿起遗嘱看了半天，还是不明白，智者只好直接说："遗嘱上不是说得很清楚吗？让你任意选择一件物品，你选择了那个奴仆不就是选择了全部的财产吗？按照当地的法律，奴仆也是主人的财产。这样看起来，你的父亲真是十分英明啊。"

富翁的儿子这才恍然大悟，明白了父亲这样做的良苦用心。如果父亲死了，自己不在他的身边，奴仆可能会带着财产逃走，而连丧事也不告诉他。父亲立下这样的遗嘱，把全部财产都送给奴仆，就是为了稳住那个奴仆而让他不能逃走，好让自己回来再收回这笔遗产。

犹太妈妈讲给孩子的话

孩子，你能明白这个聪明的富翁为什么要这样立遗嘱吗？遗嘱中规定，富翁的儿子可以从中选择一件物品，如果他选择了奴仆，那么富翁的财产就依然归他所有了。

"免费"捐赠

第二次世界大战结束后，战胜国决定成立一个处理世界事务的组织——联合国。

联合国的总部要建在繁华的城市里才好，可是在任何一座繁华的城市里，购买建立庞大楼宇的土地都是需要很大一笔资金的，而刚刚起步的联合国的资金却极为有限。所以，各国首脑为此事不停地商量来商量去。

这个时候，洛克菲勒家族的人听说了这件事，他们立刻宣布，愿意出资870万美元在纽约买下一块地皮，并且无条件地捐赠给联合国。人们不禁惊讶了，纷纷议论："掏这么大一笔钱买土地免费赠给联合国，能有什么好处？洛克菲勒家族的人这么做，简直是头脑发晕了！"

可是人们并不知道，当洛克菲勒家族的人在买下土地捐赠给联合国的时候，也买下了与这块土地毗连的全部土地。等到联合国大楼建起来后，四周的地价立即飙升起来。

现在，没有人能够计算出洛克菲勒家族的人凭借毗连联合国总部的土地获得了多少个"370万美元"。当人们明白过来的时候，洛克菲勒家族的人早已赚得盆满钵满了。

孩子，这就是聪明人的做法。他们目光长远，深谋远虑，不会只看眼前的利益，更注重长远利益。懂得如何以小利换取大利，这正是他们的独到之处。

父亲的遗产

一位富翁在去世前，给他年轻的儿子留下了一份遗嘱。遗嘱中说："我所留下的财富锁在保险箱里，而开启保险箱的密码则放在电脑程序里。你解开电脑程序的密码之日，就是继承我的财富之时。"看了这个遗嘱之后，儿子决定破解父亲的密码。

富翁生前是个远近闻名的电脑高手，他的密码绝非一朝一夕能够破解，除非有渊博的电脑知识。于是，他那年轻的儿子从基本的电脑知识入手，啃下了一本又一本高深的电脑书籍，终于破解出了父亲设的密码。

他用这个密码打开了那个神秘的保险箱，然而保险箱里除了一张纸条外，别无他物。纸条上写着："恭喜你已经继承了我的终生财富。金钱只不过是一个数字而已，在知识经济的年代，它并不能代表一个人终生富有。我所赚到的所有财富，已在我的有生之年悄悄地捐献给了那些需要救助的人们，我留给你的只有不断学习与开拓的精神，这就是你一生享用不尽的财富。"

富翁的儿子此时终于明白了父亲的良苦用心。后来，他凭借自己渊博的知识与永不放弃的精神，成为当时叱咤风云的青年才俊。

犹太妈妈讲给孩子的话

孩子，希望你长大以后，能成为一个学识渊博的人。因为学识渊博的人可以放眼世界，可以站在巨人的肩膀上俯瞰那些大师们已经创造的奇迹，可以从成功者那里学习他们的成功经验。

父亲的忠告

在一座豪华的公寓里，一个中年男人和一个中年妇女仿佛在争论着什么。只听中年妇女说道："你还是再好好考虑考虑吧。毕竟孩子们刚刚从学校毕业，他们的经验还很少，咱们怎么能让他们自己出去闯荡呢，怎么能一下子把那么一大笔钱交给他们呢？"

"我不同意你的观点，他们都已经超过20岁了，应该去历练一番了。想当初我还不到13岁便已经开始独自闯荡了，如果还让他们留在家里，会毁了他们的。"中年男人反驳道。

这个中年男人就是美国企业界最具传奇色彩的犹太富翁科尔，而这个中年妇女则是他的妻子。

他们有一男一女两个孩子，男孩叫哈基姆，今年23岁；女孩叫丽萨，今年21岁。这天晚上，两个人为该不该让两个孩子出去历练而争论不休。对母亲来说，虽然孩子已经成年，但毕竟他们一直在自己身边，没有什么生活的经验，她始终放心不下。可是，科尔却不这样想，他觉得应该让孩子们尽快到社会上去磨练一下，否则，他们将来是不可能有出息的。

夫妻俩最终谁都不能说服对方。于是，科尔想出了一个折中的办法——把孩子留在家长身边，但是准备给他们每人一笔钱，让他们试着去管理，等过一阵子他们有了经验以后，再让他们单独出去闯荡。

第二天，科尔就将这个计划告诉了两个孩子。他给每个孩子一万美元，让他们自己试图去管理这笔资金。到年底的时候，他再对两个人的成果进行检查。

科尔平时很少让孩子手中有大额的金钱，这是第一次。哈基姆和丽萨拿着这笔钱，他们心中感到非常兴奋，暗想："哈，我们终于有了可以自己支配的钱。"从那天开始，两个人便按照父亲的指示开始了独立掌管财务的生活。

日月如梭，一转眼便到了年底，科尔检查的日期也渐渐接近了，可是哈基姆和丽萨却希望这一天晚点儿到来。原来，两个人不但没有让手中的金钱增值，甚至还损失了一大半。检查时间如期而至，这一天，科尔将两个孩子叫到身边，问道："怎么样，孩子们，说说你们的财务状况吧？"科尔默默地看着这两个孩子。

哈基姆内疚地说："对不起，爸爸，我并没有管理好那笔钱。"随后，他将自己的财产情况告诉了科尔，丽萨也向父亲坦白了自己的情况。

听完哈基姆和丽萨的话，科尔点了点头，说道："孩子们，对于这一年的经历，你们肯定有很多感想吧？"

哈基姆有些沮丧地说道："是的，爸爸，将金钱管理好太难了，很多不确定的因素常常会让我遭受莫名的损失。"听他说完，丽萨也在一旁点了点头。

"那你们有没有想过到底如何去好好利用它们呢？哈基姆，你是不是在没有深入调查的情况下，就盲目地购买了六千美元的股票？丽萨，在拿到那笔钱的三个月里，你又曾拿出多少钱去购买了化妆品？"父亲说道。原来，父亲对他们两个人的行踪了如指掌。

听了父亲的话，哈基姆和丽萨心头一惊。科尔告诉两个孩子说："花掉一美元，就要发挥一美元100%的功效，而且要把支出降到最低点。你们在今后的生活中，要学会投资，把钱花在有用的地方。"

犹太妈妈讲给孩子的话

"花掉一美元，就要发挥一美元100%的功效，而且要把支出降到最低点。"这是"开源节流"的另一种表达。

父亲的忠告对哈基姆和丽萨终生受用，对我们同样有很大启发：如果不把钱用在合适的地方，就是富翁也会变成乞丐。

小富翁达瑞

达瑞出生在美国一个中产阶级家庭。父母在生活上对他要求很严，平时很少给他零花钱。在达瑞八岁的时候，有一天他想去看电影，却身无分文。是向爸妈要钱还是自己挣钱？达瑞第一次开始思考这样的问题。最后，他选择了后者。

达瑞自己调制了一种汽水，向过路的行人出售。可那时正值寒冷的冬天，没有人购买汽水，最后只等到两个顾客——他的爸爸和妈妈。

后来，达瑞偶然得到了和一个成功商人谈话的机会，当他对商人讲述了自己的"破产史"时，商人给了他两个重要的建议。他对达瑞说："第一，尝试为别人解决难题，那么你就能赚到许多钱；第二，把精力集中在'我知道的''我会的'和'我拥有的'事物上。"

这两个建议很关键。因为对于一个八岁的男孩而言，他不会做的事情还有很多。于是达瑞不停地思考："人们会有什么难题？如何为他们解决难题？"这其实很不容易。好点子似乎都躲起来了，他什么办法都想不出来。但是有一天，父亲在无意中激发出了他的灵感火花。

一天吃早饭时，父亲让达瑞去取报纸。美国的送报员总是把报纸从花园篱笆中一个特制的管子里塞进来。所以，假如你想穿着睡衣，一边舒服地吃着早饭，一边悠闲地看着报纸，你就必须先离开温暖的房间到入口处去取报纸，即使在天气不好的时候也必须如此。虽然有时候你只需要走二三十步路，但这也是件麻烦的事情。

当达瑞为父亲取回报纸的时候，一个主意诞生了。当天他就挨个按响邻居的门铃，对他们说："每个月只需支付一美元，我就会每天早晨把报纸塞到你们的房门下面。"大多数人都同意了，达瑞很快有了70个顾客。当他在一个月后第一次赚到这么一大笔钱的时候，他兴奋得简直要飞上天了。

他在高兴的同时并没有满足现状，还在寻找新的赚钱机会。经过一段时间的思考，他决定让他的顾客每天把垃圾袋放在门前，然后由他在早晨送报时顺便把垃圾运到垃圾桶里，前提是每个月另加一美元。他的客户们很赞赏这个点子，于是他的月收入增加了一倍。后来他还为别人喂宠物、看房子、给植物浇水，他的月收入随之直线上升。

在九岁时，达瑞开始学习使用电脑。他学着写商业广告，而且开始把小孩子能够挣钱的方法全部写下来。因为他经常有新的主意，有了新主意他就马上实施，所以他很快就有了丰厚的积蓄。他的母亲帮他记账，好让他知道什么时候该向谁收钱。

随着业务量逐渐扩大，达瑞必须雇佣别的孩子给他帮忙，然后把收入的一半付给他们。如此一来，钱便潮水般涌进了他的腰包。一个出版商注意到了达瑞，并说服他写了一本书，书名叫《儿童挣钱的250个主意》。因此，达瑞在他12岁的时候，就成了一名畅销书作家。后来电视台发现了他，邀请他参加许多电视节目。他在电视里表现得非常自然，受到许多观众的喜爱。到15岁的时候，达瑞有了自己的谈话节目，通过做电视节目和电视广告，他已经发展到日进斗金的程度。当达瑞17岁的时候，他已经成了百万富翁。

犹太妈妈讲给孩子的话

一个享受财富的人和一个创造财富的人对人生的体验是不同的。达瑞所做的事，任何一个与他同龄的孩子都能做。他这样做不只是赚了钱，对一个孩子来说，最重要的是赚取了阅历和自信。因为，获取财富的过程可以使人更懂得生活。

只借一美元

一位大富豪走进一家银行。

"请问先生，您有什么事情需要我们效劳吗？"贷款部营业员一边热心地问道，一边打量着来人的穿着，只见他穿着名贵的西服，脚踏高档的皮鞋，手上戴着昂贵的手表，领带上还有镶着宝石的夹子……

"我想借点钱。"富豪说。

"完全可以，您想借多少呢？"营业员问。

"一美元。"富豪接着说。

"只借一美元？"贷款部的营业员惊愕得张大了嘴巴。

"我只需要一美元，可以吗？"富豪对营业员继续问道。

贷款营业员的脑筋高速运转起来，他想："面前这人穿戴如此豪阔，为什么只借一美元？他是在试探我们的工作质量和服务效率吧？"于是，他便装出很高兴地样子说："当然，只要有担保，无论借多少，我们都可以照办。"

"好吧。"这人从豪华的皮包里取出一大堆股票、债券等放在柜台上，问道，"这些做担保可以吗？"

营业员清点了一下，说："先生，总共50万美元，做担保足够了，不过先生，您真的只借一美元吗？"

"是的，我只需要一美元，有问题吗？"富豪说道。

"好吧，请办理手续，年息为6%，只要您付出了6%的利息，且在一年后归还贷款，我们就把这些作担保的股票和证券还给您。"

富豪走后，一直在一边旁观的银行经理怎么也弄不明白：一个拥有50万美元的人，怎么会跑到银行来借一美元呢？

他忍不住追了上去，问道："先生，对不起，能问您一个问题吗？"

"当然可以。"富豪说。

"我是这家银行的经理，我实在是弄不懂，您拥有50万美元的家当，为什么只借一美元呢？您若要借30万元或是40万元的话，我们也乐意为您服务。"经理解释道。

"好吧，我不妨把实情告诉你吧。我来这里办一件事，随身携带这些票券很不方便。我问过几家金库，要租他们的保险箱，但租金都很昂贵。所以，我就到贵行将这些东西以担保的形式寄存了，由你们替我保管，况且利息很低，存一年不过才6美分。"富豪直言相告。

经理如梦初醒，十分钦佩这位先生的做法。这实在太高明了！

犹太妈妈讲给孩子的话

这个聪明的富豪用一美元就解决了随身携带的票券存放问题，既安全又便宜。这种做法实在太高明了。孩子，你能想出这样的点子吗？

列尼·雅布隆的高招

《福布斯》杂志的投资人马孔·福布斯很欣赏自己的总裁列尼·雅布隆。

身为理财专家的列尼·雅布隆是一个有名的"小气鬼"，他要求员工们干一些诸如下班关冷气、节约用纸之类的麻烦事。为了能省钱，他什么事都干得出来！

但是，马孔·福布斯要的就是他这种小气，理财嘛，不小气怎么行？事实证明，列尼·雅布隆在担任总裁期间，"开源"和"节流"都做得很好。

在"开源"方面，列尼·雅布隆最著名的大手笔是出卖"美国地产"。

在1969年，马孔·福布斯在科罗拉多州丹佛市南面买下了一个牧场，面积16.8万英亩，这花了他350万美元。他计划将这片牧场开发成狩猎场。然而，当一切准备就绪时，科罗拉多州政府却发来通知，说这块地上的野生动物是该州的财产，私人不得处置，这等于给马孔·福布斯的狩猎场判了死刑。怎么办呢？难道要让这350万美元打水漂吗？

这时，列尼·雅布隆想出了一个高招：把这块土地划分成单位面积为5英亩的小块土地，然后分块出售。

他们做得很到位。在宣传中，他们声称："这块土地是实现'美国梦'的最佳场所，是一个完全不受污染的天堂，可以让每个购买的人拥有一份美利坚合众国的地产，每块土地的售价是3500美元。"

这一招立见奇效，许多人纷纷购买。这一笔生意做下来，他们共赚进了3400万美元，超过了《福布斯》杂志社当年的主营业务收入。

犹太妈妈讲给孩子的话

列尼·雅布隆是一个什么的人？他是出了名的"小气鬼"，却主张将土地分块出售，为马孔·福布斯赚得了巨额财富。这样一个人，是否能成为我们学习的对象？

推销奇才哈利

哈利是一位推销奇才，十五六岁的时候，他在一家马戏团做童工，负责在场内推销饮料。但是由于天气寒冷，观看的人不多，买东西吃的人更少，尤其是饮料，几乎无人问津。

哈利想："天气寒冷，所以需要饮料的人不多，那么怎样才能把饮料卖出去呢？"他脑瓜一转，有了！第二天他在马戏剧场里大声喊："各位观众，凭一张票就可免费领取一包好吃的花生喽！"

"还有这样的好事？"人们纷纷从四面八方聚拢过来领取花生米。

人们津津有味地品尝着免费的花生，觉得比平常的花生更加有味。原来，这些花生被撒上了一些盐，所以他们越吃越口渴，没吃两口便急于寻找解渴的东西。

哈利乘机推销他的饮料，口干舌燥的人们顾不得那么多了，争相购买。这下，哈利一天卖出去的饮料居然相当于过去一个月的销售量。

犹太妈妈讲给孩子的话

孩子，小哈利是不是很聪明呢？他是一个善于谋划的人。他以花生为"诱饵"，大大提高了饮料的销售量，这是一个十分聪明的做法。

巧用名字合作

卡内基是美国的"钢铁大王"，可是他对钢铁的制造过程却知之甚少。他手下的好几百人，谁都比他更了解钢铁。但是他知道怎样为人处世，而这正是他成功的原因。

小时候，卡内基就发现，人们非常在乎自己的姓名。一次，他捉住了一只兔子，那是一只母兔。通过这只母兔，他很快发现了一群小兔子，但却没有东西喂它们。于是，他对小伙伴们说："如果你们能找到足够的苜蓿喂饱那些兔子，你们就可以以自己的名字命名那些兔子。"

这个法子太棒了！小伙伴们都非常兴奋，每天不知疲倦地饲养着以自己的名字命名的小兔子。这件事卡内基一直不能忘怀。

数年之后，卡内基在商业界用同样的方法赚了好几百万美元。比如，有一次他要把铁轨卖给宾夕法尼亚铁路公司，而该公司当时的董事长是汤姆森。因此，卡内基在匹兹堡建立了一座巨大的钢铁厂，取名为"汤姆森钢铁厂"。试想一下，当宾夕法尼亚铁路公司需要铁轨的时候，汤姆森会向谁买？

当卡内基和普尔曼竞争小轿车市场的时候，这位"钢铁大王"又想起了那个"兔子事件"。当时，卡内基控制的中央交通公司和普尔曼控制的那家公司，都在拼命争取得到太平洋联合铁路公司的生意。为了击败对手，双方都大杀其价，实际上已到了毫无利润可言的地步。

一天晚上，卡内基和普尔曼都要到纽约去找太平洋联合铁路公司的董事长。当他们在圣尼克斯饭店见面的时候，卡内基说："晚上好，普尔曼先生，我们难道不是在出自己的洋相吗？"

"这句话怎么讲？"普尔曼问道。

于是，卡内基把他的计划说了出来，他想合并这两家公司，并把采取合作而不是竞争的好处说得天花乱坠。普尔曼十分认真地听着，但是并没有表态。

最后普尔曼问："这个新公司叫什么名字？"

卡内基立即说："当然叫普尔曼轿车公司。"

普尔曼眼前一亮，"到我房间去。"他说，"让我们来讨论一番。"

最终，这次的讨论，在汽车工业史上写下了新的篇章。

犹太妈妈讲给孩子的话

孩子，人们都因自己的名字而骄傲。记住每个人的姓名，就是一种最简单而有效的交际能力。卡内基巧用他人的名字，使合作顺利进行，这是他成功的原因之一。

"纽扣大王"诞生记

有一对普普通通的夫妻，丈夫没什么爱好，工作之余，不是到图书馆翻翻杂志，就是到妻子的小店转悠。妻子也没什么大的志向，除了卖纽扣，最多再卖些头饰、胸花之类的小玩意儿。女儿学习也很一般，没拖拉过作业，也没有得过一次奖。总之，一家人都是普通人，过的日子也是普通的日子。

一天，丈夫告诉妻子，他有一个新发现。妻子问是什么发现。丈夫说，他在图书馆看一份杂志，介绍的全是世界上列入五百强的大公司。他发现他们都是一根筋、一条路。

妻子问什么意思。丈夫说："打个比方，你卖纽扣，就只卖纽扣，卖所有品种的纽扣，店再大，都不卖别的。"

自从有了这个新发现后，他从没有放弃琢磨。他认真查阅了世界第一强——零售业的老大沃尔玛。他发现它自始至终只做零售，钱再多都不买地，都不去做房地产。他又查阅了美国通用汽车公司，它是世界第二强，一百多年来，也是只做汽车与配件，资产达到8万亿了，都不去做航空与轮船。他还研究了世界首富比尔·盖茨，他发现此人也是一条路走到底，钱再多，他都只做软件，其他行业再赚钱都不去做。丈夫自言自语说道："是不是心无旁骛地做一件事，更容易成为强者？"

有了这一认识之后，丈夫有些心动了。一天晚上，他对妻子说："以后再进货，头饰、胸花之类的东西不要再进了，全进纽扣，有多少品种进多少品种，看看会怎么样。"

也许是他发现了天机，也许"从一而终、坚持一条路走到底"这种做法本身就蕴藏着天机。总之，自此之后，一家航空母舰式的纽扣店在这座城市出现了，所有做纽扣批发和销售的人来到这座城市，都是直奔这家纽扣店而来，他也因此成了"纽扣大王"。

犹太妈妈讲给孩子的话

有句古语是这么说的："能够到达金字塔顶端的动物只有两种，一种是苍鹰，一种是蜗牛。"苍鹰之所以能够到达，是因为它们拥有傲人的翅膀；而慢吞吞的蜗牛之所以能够爬上去，是因为它认准了自己的方向，并且一直沿着这个方向努力。"纽扣大王"之所以能够成功，秘诀在于"蜗牛精神"——从一而终，坚持一条路走到底。

空手变巨轮

有个名叫藤崎弥代的工程师，他一无关系，二无资金，却想做石油生意，而且居然做得很成功。他是怎样做的呢？

当时，藤崎弥代了解到阿根廷牛肉生产过剩，但石油制品比较紧缺，他就来到阿根廷，同有关贸易公司洽谈业务。"我愿意购买2000万美元的牛肉。"藤崎弥代说，"条件是，你们向我采购2000万美元的石油。"因为藤崎弥代知道阿根廷正需要2000万美元的石油。由于正是投其所好，双方的买卖很顺利地确定了下来。

接着，藤崎弥代又来到西班牙，对一个造船厂提出条件说："我愿意向贵厂订购一艘2000万美元的超级油轮。"那家造船厂正为没有人订货而发愁，当然非常欢迎他。藤崎弥代又话头一转："条件是，你们购买我2000万美元的阿根廷牛肉。"

牛肉是西班牙居民的日常消费品，况且阿根廷正是世界各地牛肉的主要供应基地，造船厂何乐而不为呢？于是，双方签订了一项买卖意向书。然后，藤崎弥代又到中东地区找到一家石油公司提出条件说："我愿购买2000万美元的石油。"石油公司见有大笔生意可做，当然非常愿意。藤崎弥代又话锋一转："条件是，你们的石油必须包租我在西班牙建造的超级油轮运输。"

在原产地，石油价格是比较低廉的，贵就贵在运输费上，难也就难在找不到运输工具，所以石油公司也满口答应，他们彼此又签订了一份意向书。

由于藤崎弥代的周旋，阿根廷、西班牙和中东国家都取得了自己需要的东西，又出售了自己亟待销售的产品，藤崎弥代也从中获取了巨额利润。细细算起来，这项利润实质上是以运输费顶替了油轮的造价。三笔生意全部完成后，这艘油轮就归藤崎弥代所有。

有了油轮就可以大做石油生意，藤崎弥代终于梦想成真了。

犹太妈妈讲给孩子的话

藤崎弥代是一个很有头脑的人，他凭着自己的"借功"，最后拥有了一艘油轮。他为什么能够成功？关键是他了解市场的需求。于是，他凭着自己的聪明和才智，"借鸡生蛋"，完成了我们所有人都认为不可能完成的事情。

第 8 章

朋友，
是最宝贵的财富

　　犹太人认为，一个人的才智和力量总是有限的，散居在全世界的同胞之间的交流是获得诸多成功的基础，所以他们非常重视团结与合作。

　　在犹太人的聚居地，建立人际网络的媒介主要是犹太教的教义。按照教义规定，安息日是不能工作的，也不能谈论工作，必须安静地休息。如果旅途中的犹太人在安息日到达犹太人的社区，那里的人就会留他住宿，并且会准备丰盛的饭菜。通过这样的方式，他们自然就建立了自己的人际网络。

　　多一个朋友多一条路，所以犹太人最懂得朋友的重要性——朋友是最宝贵的财富。

黄金搭档

艾伦是一位音乐爱好者，同时也对天文学充满兴趣。他一有空不是沉浸在音乐的世界里，就是对着天空发呆。因此，在同学中，他被视为是一个不善交际的人。

不过，他也不是没有朋友，比他低两个年级的一位金发男孩就经常到班里来找他，因为艾伦的父亲是图书管理员，金发男孩要通过他借一些最新的电脑书籍。

在借书还书的过程中，艾伦与金发男孩成了好朋友，于是经常跟他出入于学校的电脑房，与他一起玩游戏编程，从"三连棋"一直玩到"登月"。临近毕业时，他也成为一个仅次于金发男孩的电脑高手。

在1971年的春天，艾伦考入了华盛顿州立大学，学习航天；次年，那位金发男孩进入哈佛大学，学习法律。两人虽然不在同一所学校，但经常联系。金发男孩继续向他借书，他们继续探讨编程问题。

在1974年的寒假，艾伦在《流行电子》杂志上看到一篇文章，是关于世界第一台微型计算机的内容。他兴奋异常，因为在中学时，那个金发男孩就经常在他面前抱怨："计算机太笨重了，要是小到家里能放下就好了。"

艾伦拿着那本杂志去了哈佛大学，见到那位金发男孩，并对他说："能放在家里的计算机造出来了。"金发男孩当时正因"是继续学法律还是搞计算机"而苦恼。

当金发男孩看到《流行电子》杂志上介绍的那台所谓的家用电脑后，便对艾伦说："你不要走了，我们一起干点儿正经事。"

艾伦没有走，他在哈佛大学所在的城市——波士顿住了下来，并且一住就是八个星期。在这八个星期里，他和金发男孩没日没夜地工作，用Basic

语言编了一套程序，这套程序可以装进那台名为Altair8008的家用电脑里，并且能像汽车制造厂的大型计算机一样工作。

当他们带着这套程序走进一家微型计算机生产厂家时，竟然得到一个意想不到的答复。厂家愿付给他们3000美元的基价，并且以后每出一份程序拷贝，厂家便会付给他们30美元作为版税。

艾伦和金发男孩喜出望外，他们再也没有回到学校。三个月后，一家名为"微软"的计算机软件开发公司在波士顿被注册下来，公司的总经理就是那位金发男孩——比尔·盖茨，副总经理就是艾伦。

现在微软公司已成为世界上的一个"巨无霸"，总经理比尔·盖茨已成为无人不知的世界首富。

犹太妈妈讲给孩子的话

孩子，曾经有人说艾伦是一位"一不留神成了亿万富翁"的人，其实，这是一种误解。《塔木德》中有一句话："和狼生活在一起，你只能学会嗥叫；和那些优秀的人接触，你就会受到良好的影响。"优秀的人能影响你、带动你，还能让你同样变得优秀。

协作的力量

从前，有两个饥饿的人得到了一位长者的恩赐：一根鱼竿和一篓鲜活、硕大的鱼，长者让他们各选一样。

其中的一个人想："如果我得到那篓鱼，我的肚子就不会饿了。不错不错，今朝有酒今朝醉……"于是他要了那篓鲜活、硕大的鱼。

另一个人心想："如果我得到了那个鱼竿，想钓多少鱼就钓多少鱼，这辈子我都不会挨饿了。不错不错，要懂得细水长流嘛……"于是他要了那根鱼竿。

他们拿到了各自需要的东西后，就分道扬镳了。

得到鱼的那个人立刻在原地用干柴搭起篝火烤起了鱼。他真是饿坏了，只见他狼吞虎咽，还没有品出鲜鱼的肉香，就吃了个精光。他高兴极了，想手舞足蹈地庆祝一番，可是撑得动弹不得，只好躺在地上呼呼地睡大觉。暖暖的阳光洒在身上，他舒舒服服地睡上一觉，别提有多开心了。可是，好景不长，他才睡了一个晚上就隐隐地感觉肚子有点饿了。

"没关系，就是有一点点饿，我吃了那么多呢，先歇一歇，养足了精神，等我睡醒了就出去找东西吃。"他这么想着，翻个身又睡着了。

不久，他又被饿醒了。"哎呀，我好像还没有休息好呢，没事没事，我再睡一会儿吧，我现在没有力气出去找吃的啊。"就这样，每次醒过来的时候，他都这样自言自语。

没过几天，他就饿死在了空空的鱼篓旁。

拿到鱼竿的那人心里想着："忍一忍，再忍一忍，现在饿一点儿没有关系，等我到了海边，想钓多少鱼就钓多少鱼，那么我一辈子都不会再挨饿了。"就这样，他提着鱼竿继续忍饥挨饿，一步步艰难地向海边走去。每一次饿得走不动的时候，他就停下来休息一下，再继续上路。

几天以后，他终于看到那片蔚蓝色的海洋了，就在不远的地方，他可以清晰地听见海浪拍岸的声音。他特别高兴，拿出最后的那点力气向海边走去。可是，他全身的最后一点儿力气也使完了，只能眼巴巴地带着无尽的遗憾撒手人间。

又有两个饥饿的人，他们同样得到了长者恩赐的一根鱼竿和一篓鱼。但是他们并没有各奔东西，而是商定共同去找寻大海。

其中的一个人说："如果我只拿了鱼竿，那么我就要饿着肚子走到海边，恐怕没等我走到那里，就已经饿死了。"

另一个人说："如果我只拿了这篓鲜活、硕大的鱼，等我吃完了，也就只能眼巴巴地等死了，因为我根本没有工具可以钓鱼吃啊。"

于是他们俩一同上路，在饿了的时候，他们只烤一条鱼，一起分享，既填饱了肚子，又品味到了鱼肉的鲜香味美。两个人在路上有说有笑，经过了长途跋涉，终于来到了海边。一路上的情谊，使他们成为了好兄弟。

之后，两个人开始了捕鱼为生的日子。几年以后，他们盖起了房子，有了各自的家庭，有了自己建造的渔船。从此，他们过上了幸福的生活。

犹太妈妈讲给孩子的话

合作则存，不合作则亡。故事中，前两个饥饿的人各怀心思，结果最后都饿死了；后两个饥饿的人则选择了合作，最后都很好地活了下来，并过上了幸福的生活。

汤姆的好意

汤姆从父亲的手中接过了一家食品店，这是一家有些年头的食品店。它在很早以前就已经很出名了，汤姆希望它在自己的手中能够继续发展壮大。

一天晚上，汤姆在店里收拾东西，他打算早早地关上店门。忽然，他看到店门外站着一个年轻人，面黄肌瘦、衣衫褴褛、双眼深陷，像是一个流浪汉。

汤姆是个热心肠的人。他走了出去，对那个年轻人说道："小伙子，有什么需要我帮忙吗？"

年轻人略带羞涩地问道："这里是汤姆食品店吗？"他说话时带着浓重的加拿大口音。

"是的。"汤姆回答。

年轻人更加腼腆了，低着头，小声地说道："我是加拿大人，来这里找工作。可是整整两个月了，我仍然没有找到一份合适的工作。我父亲年轻时也来过美国，他告诉我他在您的店里买过东西……喏，就是这顶帽子。"

汤姆看见小伙子的头上果然戴着一顶十分破旧的帽子，那个被污渍弄得模模糊糊的"V"字形符号正是他店里的标记。

"我现在没有钱回家了，也好久没有吃过一顿饱餐了。我想……"年轻人继续说道。

汤姆知道，眼前站着的人只不过是多年前一个顾客的儿子，但是他觉得应该帮助这个年轻人。于是，他把年轻人请进了店里，好好地让他饱餐了一顿，并且还给了他一笔路费，让他回国。

不久，汤姆便将此事淡忘了。过了十几年，汤姆的食品店越来越兴旺，在美国开了许多家分店，于是他决定向海外扩展。可是由于他在海外没有根基，要想从头发展也是很困难的，为此汤姆一直犹豫不决。

正在这时，汤姆收到一封从加拿大寄来的一封信，原来这封信正是多年前他曾经帮过的那个年轻人寄来的。此时那个年轻人已经成了加拿大一家大公司的总经理，他在信中邀请汤姆来加拿大发展，与他共创事业。这对于汤姆来说真是意外之喜，有了那位年轻人的帮助，汤姆很快在加拿大开起了他的连锁店，而且发展得异常迅速，生意也越做越大。

犹太妈妈讲给孩子的话

汤姆偶然的一次雪中送炭，换来的是多年后的发展机遇。在遇见需要帮助的人时，他热情地伸出了一双手。看似一饭一菜，不足挂齿，但他赢得的是那个年轻人深埋于心的感恩之情，他在不经意间为自己日后的事业铺好了坦途。

皮斯阿司与达蒙

公元前四世纪，在意大利，有一个名叫皮斯阿司的年轻人因触犯了法律被判绞刑，将在某个择定的日子被处死。皮斯阿司是个孝子，他在临死之前，希望能与远在百里之外的母亲见上最后一面，以表达他对母亲的歉意。而且，他不想让母亲知道自己是一个即将被处死的人。

他的这一要求被国王准许了，但交换的条件是：皮斯阿司必须找一个人来替他坐牢。这是一个看似简单但其实几乎不可能做到的条件。假如皮斯阿司一去不返怎么办？谁愿意冒着杀头的危险来干这件蠢事呢？

这个消息传出后，有一个人表示愿意来替换他，他就是皮斯阿司的朋友达蒙。

达蒙住进牢房以后，皮斯阿司就赶回家与母亲诀别，人们都静静地等着事态的发展。日子如水一样流逝，眼看刑期在即，皮斯阿司却音信全无。

一时间人们议论纷纷，都说达蒙上了皮斯阿司的当。

行刑日是个雨天，因为皮斯阿司没有如期归来，只好由达蒙替死。当达蒙被押往刑场时，围观的人都笑他是个傻瓜。也有人对他产生了同情，更多的人却是幸灾乐祸。然而，刑车上的达蒙，不但面无惧色，而且有一种慷慨赴死的豪情。

追魂炮被点燃了，绞绳已经套在达蒙的脖子上。胆小的人吓得紧闭双眼，他们为达蒙惋惜，并痛恨那个出卖朋友的皮斯阿司。

在这千钧一发之际，在暴风雨中，皮斯阿司飞奔而来！他高声喊着："我回来了！我回来了！"这真是人世间最感人的一幕，大多数人都以为自己是在梦中，但事实不容置疑，皮斯阿司已经冲到达蒙的身边，他们紧紧地拥抱在一起。

只是一会儿的工夫，国王便知道了这件事。他赶到刑场，要亲眼看一看自己如此优秀的子民。

喜悦万分的国王立即为皮斯阿司松了绑，亲口赦免了他，并且重重地奖赏了他的朋友达蒙。

犹太妈妈讲给孩子的话

真正的朋友需要信任，这就是达蒙为什么敢代人坐牢的缘故。真正的朋友更需要忠诚，所以，皮斯阿司本可以逃脱一死，但仍然视死如归。因为忠诚，才会获得信任；因为有信任，才必须忠诚。忠诚和信任缺少一个，这个故事的结局就会被改写。

蛋卷冰激凌的由来

有一个制作糕点的小商贩将摊位摆在了运动场的门口，当时正在开运动会，人很多，糕点生意特别红火。

旁边一位卖冰激凌的商贩的生意也好得不得了。一会儿工夫，他就售出了许多冰激凌，很快就把带来的用来装冰激凌的小碟子用完了。

糕点商贩见状，就把自己的薄饼卷成锥形给了冰激凌商贩，用它来盛放冰激凌。卖冰激凌的商贩见这个方法可行，便要了大量的薄饼，于是大量的锥形冰激凌便出现在人们的手中。然而，令他们意料不到的是，这种锥形的冰激凌被人们看好，而且被评为"运动会的真正明星"。从此，这种锥形冰激凌开始畅销全国。

这就是现在的蛋卷冰激凌的由来，它的发明被人们称为"神来之笔"。

有人这样假设，如果两个摊位当初没有相邻而设，那个糕饼店商贩也没有像当时那样热心相助，或许直至今日我们也还不知道蛋卷冰激凌为何物。

犹太妈妈讲给孩子的话

孩子，不要忘记合作，不要忘记给你的朋友、给素不相识的陌生人甚至给你的竞争对手机会。如果你能给别人机会，那么你收获的便不仅仅是他人的感恩和自己内心的宽慰，更可能是意想不到的更多、更好的机会。

拉里的价值

英特尔公司的总裁安迪曾是美国《时代》周刊的风云人物。在20世纪70年代，他创造了半导体产业的神话。很多人只知道他是美国巨富，却不知道他的人生也有鲜为人知的苦难经历。

由于家境贫寒，安迪从小便吃尽了缺衣少食和受人藐视的苦头，他发誓要出人头地，因而比同龄人显得更加成熟而老练。在上学期间，他便显现出了他的商业头脑。他会在市场上买来各种半导体零件，经过组装后低价卖给同学，他从中只赚取手续费。由于他组装的半导体比原装的便宜很多，而质量却不相上下，所以在学校里很走俏。他的学习成绩也异常优秀，他在学习与经商上的聪明才智得到了老师的表扬。可是谁也想不到，他竟是个极度悲观的人，也许是受贫困的家境影响，凡事他都爱走极端，这在他以后的经商之路上淋漓尽致地表现了出来。由于决策失误，在创业初期，他屡次失败。

那是安迪第三次失败后的一个黄昏，他一个人漫步在家乡的河边，从早早去世的父母想到自己辛苦创下的基业的一次次失败，内心充满了阴云。悲痛不已的他在号啕大哭一番后，望着滔滔的河水发呆。他想，如果他就这样跳下去的话，很快就会得到解脱，世间的一切烦愁就都与他无关了。

忽然，迎面走来一位憨头憨脑的青年，他背着一个鱼篓，哼着歌从桥上走过，他就是拉里。安迪被拉里的情绪感染，便上前问他："先生，你今天捕了很多鱼吗？"

拉里回答："没有啊，我今天一条鱼都没捕到。"拉里边说边将鱼篓放了下来，果然空空如也。

安迪不解地问："你既然一无所获，那为什么还这么高兴呢？"

拉里乐呵呵地说："我捕鱼不全是为了赚钱，而是为了享受捕鱼的过程，你难道没有觉得，被晚霞渲染过的河水比平时更加美丽吗？"

安迪顿时豁然开朗。于是在安迪的再三央求下，这个对生意一窍不通的渔夫拉里成了他的贴身助理。

很快，安迪经营的公司奇迹般地再次崛起，他也成了美国巨富。在创业的数年间，公司的股东和技术精英不止一次地向总裁提出疑问："那个没有半点儿半导体知识、毫无经商才能的拉里，真的值得如此重用吗？"

每当听到这样的问题，安迪总是冷静地说："是的，他确实什么都不懂，而我也不缺少智慧和经商的才能，更不缺少技术，我缺少的只是他面对苦难的豁达心胸和面对人生的乐观态度。而他的这种豁达的心胸和乐观的态度，总能让我受到感染，而不至于做出错误的决策。"

犹太妈妈讲给孩子的话

拉里的价值在哪里？在于他拥有豁达的心胸和乐观的生活态度，而这正是安迪所需要的。用安迪的话说，就是"他的这种豁达的心胸和乐观的态度，总能让我受到感染，而不至于做出错误的决策"。

跟欧格尼斯学致富

犹太人阿卡德最早是做雕刻陶砖工作的。有一天，有一个叫欧格尼斯的富翁向他订购一块刻有法律条文的陶砖，欧格尼斯想要第二天一早拿到这块陶砖。阿卡德说他愿意彻夜雕刻，到天亮时就可以完成，但是唯一的条件是，欧格尼斯要告诉他致富的秘诀。欧格尼斯同意了这个条件。

到天亮时，阿卡德终于完成了陶砖的雕刻工作。欧格尼斯也实践了他的诺言，把致富的秘诀告诉了阿卡德。欧格尼斯说："致富的秘诀其实就是：你赚的钱中有一部分要存下来。"

一年后，当欧格尼斯再来找他时，他问阿卡德是否按照他的话去做，把赚来的钱省下来。

阿卡德很骄傲地点了点头。欧格尼斯就问他："那存下来的钱，你是如何使用的？"

阿卡德说："我把钱给了砖匠阿卢玛，因为他要到远方买菲利人的稀世珠宝。当他回来后，会把这些珠宝卖出很高的价钱，然后让我与他一起平分这些钱。"

欧格尼斯责备他说："只有傻子才会这么做，为什么要相信一个砖匠的话呢？你的存款已经泡汤了！年轻人，你把你财富之树连根都拔掉了，下次你买珠宝应该自己去请教珠宝商，买羊毛去请教羊毛商。千万别和外行人做生意！"

结果正如同欧格尼斯所说的，砖匠阿鲁玛被菲利人骗了，买回来的竟然是些不值钱的玻璃，它们看起来很像珠宝。

阿卡德再次下定决心，存下所赚的钱。

第二年，欧格尼斯再来的时候，他又询问阿卡德钱存的如何。

阿卡德回答说："我把存下来的钱借给了铁匠去买青铜原料，然后他每四个月给我付一次租金。"

欧格尼斯说："很好，那么你如何使用赚来的租金呢？"

阿卡德说："我把赚来的租金拿来吃了一顿丰盛的大餐，并买了一件漂亮的衣服，还计划买一头驴子来骑。"

欧格尼斯笑了，说："你把存下的钱所生的"子孙"都吃掉了，你如何期望它们以及它们的'子孙'能继续再为你'工作'，并赚取更多的钱呢？当你赚到足够的财富时，你才能尽情享用而无后顾之忧。"

又过了两年，欧格尼斯问阿卡德："你是否得到你梦想中的财富了呢？"

阿卡德说："还没有，但是我已经存下了一些钱，然后让钱生钱。"

阿格尼斯又问："那你是否还向砖匠请教事情呢？"

阿卡德回答说："有关造砖的工作请教他们，能得到很好的建议。"

欧格尼斯笑了，说："你已经学会了致富的秘诀：首先你知道了把赚来的钱省下来；其次，你学会了向内行的人请教意见；最后，你学会了如何让钱为你工作，使钱生钱。你已学会如何获得并运用财富了。"

犹太妈妈讲给孩子的话

阿卡德在阿格尼斯的指导和帮助下，慢慢积累了经验和财富。这个故事看似简单，但是却隐藏着致富之道——省钱，请教内行人士，让钱生钱。当然，最为重要的是阿格尼斯本人，他才是阿卡德最宝贵的财富之源。

亲手做的水饺

从前，有一个老农夫，他有三个儿子。这三个儿子虽然都很聪明，但常常因意见不合而吵架，这让老农夫头痛不已。老农夫一直想让他的三个儿子能够和睦相处，并且团结在一起。他从白天想到晚上，想得头发都白了。

有一天，他看到他的老婆在厨房里煮水饺，这时他突然想到了一个好办法。于是，在吃晚餐的时候，老农夫将热气腾腾的水饺放在他们的面前，对他们说："这虽然是一盘很普通的水饺，但它需要很多人努力工作、互相配合才能完成，所以你们也需要互相合作，团结在一起。"他的三个儿子听了以后，都露出不耐烦的表情。老农夫接着又说："如果你们能不去市场购买别人的食材，完全用自己的双手去耕种小麦、去饲养肉猪来完成这样一盘水饺，你们就可以获得我收藏的三袋黄金。"他的三个儿子听了以后，知道有这么大的奖赏，就纷纷表示同意。

他的三个儿子经过了很多努力后，都发现自己不能独立完成这项工作。于是，他们开始讨论，约定有人种菜，有人种小麦，还有人养猪。然后，老大自己盖了一个猪圈，买了几只小猪开始喂养。老二开始整地、犁田，种植小麦。老三也开始整地、犁田，种植蔬菜。可是，事情没有这么顺利。期间，他们遇到了风灾、水灾和虫害，猪也遇到了瘟疫，但是为了要得到黄金，他们一一想办法克服。终于在几个月后，小麦有收成了，菜也丰收了，猪也长大了，他们做水饺的食材都齐全了。他们三兄弟开始磨麦子、揉面团、擀面皮、杀猪、剁肉酱和切青菜，努力把这些食材做成一盘水饺，要拿去给他们的父亲品尝，好领取他们的奖赏。

老农夫对这盘水饺很满意，在发黄金给他的儿子们之前，他想听听他们的感想。老大说："在遇到瘟疫和其他困难的时候，有兄弟们的帮忙才能渡过难关！"老二也表示说："在种小麦遇到了风灾、水灾和虫害的时候，也是有兄弟们的帮忙才能渡过难关！"老三说："我也一样！"

听完他们的说法后，老农夫很高兴地把三袋金子分给他们。他的三个儿子都能体会到分工合作的重要性，并且能团结在一起。从此，三兄弟互相帮助，和睦相处，并利用父亲给的金子当资本，共同开创了一番事业。

犹太妈妈讲给孩子的话

老农夫的三个儿子因为团结一致，不管遇到什么困难，他们都彼此协助，共同渡过了难关。当然，他们的父亲最后也吃上了他们亲手做的饺子。互帮互助是获得财富的重要条件。

狮子和大熊

在一片森林里，有两个好朋友——狮子和大熊，他们常常在一起捕猎。这一天，目光敏锐的狮子发现山坡上有只小鹿，狮子正要扑上去，大熊一把拉住它说："别急，鹿跑得快，我们只有前后夹击才能抓住它。"狮子听了，觉得有道理，他们就分别行动了。

鹿正津津有味地啃着青草，忽然听到背后有响声。他回头一看，一只狮子扑过来了！鹿吓得撒腿就跑，狮子在后面紧追不舍，无奈鹿跑得快，狮子追不上。这时大熊从旁边窜出来，挡住鹿的去路。大熊挥着蒲扇大的巴掌，一下就把鹿打昏了。

狮子随后赶到，问道："熊老弟，猎物该怎样分呢？"

大熊回答："狮子大哥，那可不能含糊，谁的功劳大，谁就分得多。"

狮子说："我的功劳大，鹿是我先发现的。"

大熊也不甘示弱，争辩道："发现有什么用？要不是我出主意，你能抓到吗？"

狮子很不服气地说："如果我不把鹿赶到你这里，你也抓不到啊！"

狮子和大熊你一言我一语争个不休，谁也不让谁，都认为自己的功劳大。说着说着，他们就打了起来。

被打昏的鹿逐渐醒了过来，看到狮子和大熊打得不可开交，赶紧爬起来，一溜烟逃走了。当狮子和大熊打得精疲力竭后，它们回头一看，鹿早就不见了。狮子和大熊你看着我，我看着你，后悔得直叹气。

犹太妈妈讲给孩子的话

狮子和熊懂得一起合作抓捕猎物，但是最后他们还是因为缺乏对彼此的信任，让到手的猎物白白逃走了。人也是一样的，在你的成长中，你会有很多事情是需要和别人合作才能完成的，在合作过程中需要互相信任、团结合作。

小提琴手

在繁华的纽约，曾经发生了这样一件感人的事情。

一个星期五的傍晚，一位贫穷的年轻艺人仍然像往常一样站在地铁站门口，专心致志地拉着他的小提琴。琴声优美动听，虽然大多数人都急急忙忙地赶着回家，但还是有一些人情不自禁地放慢了脚步，时不时地在年轻艺人跟前的礼帽里放一些钱。

第二天黄昏，年轻的艺人又像往常一样准时来到地铁门口，并把他的礼帽摘下来放在地上。和以往不同的是，他还从包里取出一张大纸，然后很认真地铺在地上，用自备的小石块压上。做完这一切以后，他调试好琴音，又开始了演奏。琴声似乎比以前更动听，更悠扬。

不久，年轻的小提琴手四周站满了人，人们都被铺在地上的那张大纸上的字吸引了过来，有的人还踮起脚尖观看。大纸上面写着："昨天傍晚，有一位叫乔治·桑的先生错将一件很重要的东西放在我的礼帽里，请您速来认领。"

见此情景，人群之间引起一阵骚动，人们都想知道这是一件什么样的东西。过了半小时左右，一位中年男人急急忙忙地跑了过来，只见他拨开人群冲到小提琴手面前，抓住他的肩膀急切地说："啊！是您呀，您真的来了，我就知道您是个诚实的人，您一定会来的。"

年轻的小提琴手冷静地问："您是乔治·桑先生吗？"

那人连忙点头，并出示了身份证件。小提琴手又问："您遗落了什么东西？"

那人说道："奖票……是奖票"。

小提琴手于是掏出一张奖票，上面还醒目地写着"乔治·桑"，小提琴手举着奖票问："是这个吗？"

乔治·桑使劲儿地点点头，接过奖票吻了一下，然后又拥抱了小提琴手。

原来事情是这样的，乔治·桑是一家公司的小职员，他前些日子买了一张一家银行发行的奖票，昨天上午开奖，他中了50万美元大奖。昨天下班，他心情很好，觉得音乐也特别美妙，于是就从钱包里掏出50美元，放在了小提琴手的礼帽里，可是他不小心也把奖票也扔了进去。小提琴手是一名艺术学院的学生，本来打算去维也纳进修，并且已经订好了机票，可是他在整理东西时发现了这张奖票。他想到失主一定会回来找，于是退掉了机票，又准时来到这里。

后来，有人问小提琴手："你当时急需一笔学费，为了赚够这笔学费，你不得不每天都到地铁站门口拉提琴。那你为什么不把那50万美元的奖票自己留下呢？"

小提琴手说："虽然我没钱，但我活得很快乐；假如我没了诚信，我一天也不会快乐。"

犹太妈妈讲给孩子的话

孩子，人这一生中，会得到许多，也会失去许多，但守信却应是始终陪伴我们的。如果一个人以虚伪、不诚实的方式为人处世，他也许能获得暂时的财富和成功，但从长远看，他最终是个失败者。这种人就像山上的流水，刚开始的时候高高在上，之后往下流，再也没有上升的机会。

住旅馆的老夫妻

一天夜里，一对老夫妻走进一家旅店，他们想订一个房间。前台的服务生回答说："对不起，我们旅馆已经客满了，一间空房也没有剩下。"

看着这对老人疲惫的神情，服务生又说："那我想想办法吧。"

好心的服务生将这对老人领到一个房间，说："也许它不是最好的，但现在我只能做到这些了。"老人见眼前是一间既整洁又干净的屋子，就愉快地住了下来。

第二天，当他们来到前台结账时，服务生却对他们说："不用了，我只不过是把自己的屋子借给你们住了一晚，祝你们旅途愉快！"服务生自己一晚没睡，他就在前台值了一个通宵的夜班。

两位老人十分感动。老先生说："孩子，你是我见到过的最好的旅店工作人员，你会得到好报的。"服务生笑了笑，说这算不了什么。他送老人出了门，转身接着忙自己的事。

没过多久，服务生收到了一封信，里面有一张去纽约的单程机票，并有简短附言，意思是聘请他去做另一份工作。这真是意外之喜啊！

于是，他乘飞机来到纽约，按信中所标明的路线来到一个地方。他抬头一看，一座金碧辉煌的大酒店耸立在眼前。原来，几个月前的那个深夜，他接待的是一个有着亿万资产的富翁和他的妻子。富翁买下了这座大酒店，并深信那个服务生会经营好它。

那个年轻的服务生就是后来全球赫赫有名的希尔顿饭店的首任经理。

犹太妈妈讲给孩子的话

孩子，当你遇到需要帮助的人时，你是否愿意停下来为他们想想办法？在别人遇到困难的时候，你是否会伸出援手？或许在不经意间，受到帮助的不仅是别人，还有你自己。俗语有云，"赠人玫瑰，留有余香"。给予是一种美德，付出是一种快乐，在帮助别人的时候，你也会为自己播下快乐的种子。